小動物系令嬢は
氷の王子に溺愛される５

翡翠

B's-LOG BUNKO
ビーズログ文庫

イラスト／亜尾あぐ

目次 contents

ウィリアム・ザヴァンニ
ザヴァンニ王国の第一王子。近衛騎士団の副団長を務めている。『氷の王子様』と呼ばれているが、リリアーナには激甘で……？
リリアーナ・ヴィリアーズ
花よりスイーツが好きな伯爵令嬢。地味に嫌なお祈りをする癖がある。
人物紹介 character

ダニエル
ウィリアムの幼なじみ兼補佐役。リリアーナからつけられたあだ名は『ダニマッチョ』。
ケヴィン
近衛騎士団一の問題児。別名、エロテロリスト。
モリー
リリアーナ付きの侍女。
マリアンヌ・ベルーノ
ベルーノ王国の王女。かつてはライバルだったが、今はリリアーナの友達。

第1章　新たな友人は、あの人？

——ザヴァンニ王国、王宮応接室にて。

若干緊張気味《じゃっかんきんちょう》のリリアーナ・ヴィリアーズの隣《となり》には、穏《おだ》やかな笑《え》みを浮《う》かべる母ジアンナ・ヴィリアーズが。

テーブルを挟《はさ》んで反対側にはご機嫌《きげん》そうに微笑《ほほえ》むソフィア王妃《おうひ》と、王都一の人気デザイナーのアンドリュー《アン》が。

そして一人掛《が》けのソファーには、眉間《みけん》に皺《しわ》を寄せてとんでもなく不機嫌そうな表情を浮かべるウィリアムが腰掛《こしか》けていた。

「まったくもう、ウィルったら。皆様《みなさま》、ごめんなさいね。ウィルのことはただのオブジェだと思って無視してくださって構いませんわ。それでは早速《さっそく》、リリちゃんのウェディングドレスのデザインを決めますわよ！」

ソフィアの言葉に、ウィリアムはテーブルをバンッと叩《たた》いて勢いよく立ち上がる。

「母上、いい加減にしてください！　リリーの夜会用ドレスのデザインは母上に散々譲《ゆず》ってきましたが、結婚式《けっこんしき》のドレスだけは絶対に譲れません！　リリーのドレスは、わ・た・

し・が、決めます!!」

そんなウィリアムの言葉に一番に反応したのは、リリアーナの母ジアンナだった。

「あらあら、私にとってもリリはたった一人の可愛《かわい》い娘《むすめ》ですもの。いくら殿下《でんか》がお相手とはいえ、そこばかりは譲れませんわねぇ」

おっとりと、だが不敵にうふふと笑う。

「私だって、リリちゃんのドレスのデザイン決めを楽しみにしておりましたのよ！」

負けじとソフィアも参戦する。

そこからは誰《だれ》がリリアーナのドレスのデザインを決めるかで、わけの分からないプレゼンが始まった。……ドレスを着用する本人そっちのけで。

「我がヴィリアーズ家には代々受け継がれるロングのビーディングベールがございますの。そのベールに合わせたドレスを作るつもりでおりますのよ？」

うふふと勝《か》ち誇《ほこ》ったように笑うジアンナに、

「ならば、そのベールに合わせたドレスを私が作ろうではないか。花嫁《はなよめ》となる記念すべき日に、初めてリリーが袖《そで》を通すドレスを私がデザインする。……うん、素晴《すば》らしい」

ウィリアムはウンウンと一人頷《うなず》きながら、満足そうに笑みを浮かべる。

「いいえ、それはリリちゃんの義母《はは》となる私の役目よ！　ウィルは可愛らしいリリちゃんの姿を存分に愛《め》でていればいいでしょうに」

「何を言っているんですか。リリーのドレスは私がデザインを考えますから、母上はオースティンかホセの結婚式でいいじゃないですか」

「それこそ何を言っているの？　オースティンは今までに一度だってユリエルちゃんのドレスを作らせてくれなかったし、ホセにはまだ婚約者《こんやくしゃ》もいないのよ？」

「まあまあ、お二人とも。リリのデザインは私が致《いた》しますので、ゆっくりなさってはいかがですか？」

皆貼《は》り付《つ》けたような笑みを浮かべてはいるものの、誰一人として退《ひ》く者はいない。

リリアーナは諦《あきら》めたようにテーブルの上の美味《おい》しそうなスイーツに手を伸《の》ばし、アンドリューは他人事《ひとごと》とばかりに面白《おもしろ》そうにその状況《じょうきょう》をしばらく楽しんで見ていた。

だがすぐにそんな状況に飽《あ》きたアンドリューの一言で、謎《なぞ》のプレゼンは一旦《いったん》終結する。

「なら、皆で一着ずつ作って、順番に着せちゃえばいいじゃない」

王太子の挙式ともなると一日では終わらない。

まず一日目は前夜祭。二日目には大聖堂にて宗教婚（挙式）、公式晩餐会《ばんさんかい》が予定されており、宗教婚と公式晩餐会の間には御成婚《ごせいこん》パレードが行われる。

なので、一人は前夜祭用のドレスを一着。

一人は宗教婚とパレード用のドレスを一着。

一人は公式晩餐会用のドレスを一着。

「これで皆がリリちゃん用のドレスを一着ずつ決めることが出来るでしょう？」

とアンドリューがニッコリ笑顔《えがお》でまとめるも、『皆』の中には当然のように着用するはずの本人が含《ふく》まれていない。しかし、誰もそこにツッコミを入れる者がいない。

それどころか、今度は誰がどのドレスをデザインするのかでまた揉《も》めだす始末。

リリアーナとアンドリューは視線を合わせると小さく肩《かた》を竦《すく》めて頷き合いながら、大きな溜息《ためいき》をついた。

リリアーナとて結婚式への夢や憧《あこが》れというものはあるし、素敵《すてき》なドレスを前にすればテンションだって上がる。

だが出来上がったものの中から選ぶのならばいいが、デザイン決めの後は生地《きじ》やレースなど、一つ一つ膨大《ぼうだい》な種類の中から選んでいかねばならないことが、リリアーナにはどうにも面倒《めんどう》くさく感じた。

皆がリリアーナのためのドレスを考えてくれるというのならばありがたくお願いするところではあるが、まさか前夜祭と宗教婚と公式晩餐会用のどのドレスを作るかでこんなに熱いバトル（？）が繰《く》り広げられるなど、誰が想像したであろう。

結局予定していた時間内に決着はつかず、昼食を挟んで再度話し合いが続き、何とか皆が納得《なっとく》する形で決まったのは空が茜《あかね》に染まる頃《ころ》であった……。

――翌日。

「ねえねえ、結局結婚式のドレスはどうなったの?」

午前中の授業を終えて食堂へ向かう途中《とちゅう》、エリザベスは興味津々《きょうみしんしん》といった様子でリリアーナに質問した。

疲《つか》れた顔で登校してきたリリアーナを気遣《きづか》い、聞きたいのをずっと我慢《がまん》していたが限界だったのだろう。エリザベスにしては長くもった方だと言える。

その横でクロエは困ったような顔をしつつも、やはり興味があったのか大人しく耳を傾《かたむ》けている。

「実は、母とウィルとソフィア様の三人が、私のドレスをデザインすると言って揉めまして……」

リリアーナは困ったように溜息をついた。

「そ、そんなことになってたんだ」

少しばかり引きつった顔をするエリザベスに、リリアーナは頷きながら昨日のことを話しだした。

「着る本人そっちのけで、ああでもないこうでもないと始まってしまいまして。見兼《みか》ねたデザイナーのアン様が、前夜祭のドレス、宗教婚とパレード用のドレス、公式晩餐会用のドレスを一着ずつ作ればいいと仰《おっしゃ》ったのですが……」

「あ～、それなら皆《みんな》作れるね。……って、リリは自分で作らないの？」

「ええ。皆様私よりもセンスがありますから、お任せ致しますわ」

「リリ様、もしかして面倒だなどと思っていらっしゃいません？」

クロエのジトッとした目に、思わずツツーと視線を逸《そ》らす。

「嘘《うそ》でしょ？　自分の結婚式のドレスだよ⁉」

エリザベスが驚《おどろ》きに目を見開き、クロエは何とも残念な子を見るような目をしている。

「それでいいの？　後悔《こうかい》しない？」

「ええ。私の好みとはかけ離《はな》れているものや、余程奇抜《よほどきばつ》なものでなければ後悔はしませんわね。と言っても、あの方達がそういったドレスを私に選んだことはありませんし、特に心配はしておりませんわ」

「まあ、リリがいいなら……」

「心配して頂いて、ありがとうございます」

「それで、結局は誰がどのドレスを担当されることになりましたの？」

「前夜祭のドレスはウィルに、宗教婚とパレードのドレスは母に、公式晩餐会用のドレスはソフィア様にお願いすることになりました」

「まあ、それが一番無難と言えば無難だよね」

エリザベスの言葉にクロエが頷く。

「実は、これを決めるのに夕方まで掛かりましたのよ？」

リリアーナがハァと更《さら》に大きな溜息をついてそう言えば、

「うわぁ、大変だったね」

「それはお疲れ様でした」

とエリザベスとクロエから労《ねぎら》いの言葉をもらい、思わず苦笑《くしょう》を浮かべたその時。

廊下《ろうか》の角から出てきた女生徒とエリザベスが、出会《であ》い頭《がしら》にぶつかりそうになった。

「ごめんなさい、大丈夫《だいじょうぶ》？」

「いえ、こちらこそ申し訳ありません」

お互《たが》いに謝罪しつつ、ゆっくりと頭を上げた女生徒がエリザベスの斜《なな》め後ろにいるリリアーナを視界に捉《とら》えると、「ひっ！」と小さな悲鳴を上げながら顔色を青くさせた。

首を傾《かし》げるリリアーナとエリザベスに、クロエがポツリと呟《つぶや》く。

「もしかして、ノクリス侯爵令嬢《こうしゃくれいじょう》イザベラ様では……？」

「え？　イザベラ様⁉」

イザベラはリリアーナを校舎裏に呼び出して嫌味《いやみ》を言ったり、ウィリアムが立太子前に初めて主催《しゅさい》した大切な夜会で暴言を吐《は》き、突進《とっしん》してつまみ出されたあの令嬢である。

目の前に立つ女性のあまりの変貌《へんぼう》ぶりに、エリザベスだけでなくリリアーナも驚愕《きょうがく》の表情を浮かべた。

イザベラの代名詞とも言えるドリルのような赤茶色の縦ロールヘアは現在サラサラのストレートヘアとなり、気の強そうなキリッとつり上がったココア色の瞳《ひとみ》はほぼノーメイクの今、とても可愛らしい猫目《ねこめ》である。

それに、いつも一緒《いっしょ》にいたはずの取り巻きの令嬢達の姿もない。何ならあの個性的な羽根つきの扇《おうぎ》も持っていない。

以前のイザベラが『悪役令嬢風』ならば、今の彼女は真逆の『清楚《せいそ》なヒロイン風』と言えるだろうほどに、髪《かみ》と瞳の色以外、以前の面影《おもかげ》は全くと言っていいほどにない。

クロエが目の前の女性がイザベラだと気付けたのが不思議なくらいである。

リリアーナはイザベラがなぜわざわざ悪役令嬢風の姿にしていたのか、興味が湧《わ》くのと同時に、何となくこのまま立ち去ってはいけない気がした。

「イザベラ様、これからどなたかとお約束されておいでですか？」

この質問にはイザベラだけでなく、エリザベスとクロエも不思議そうな顔をしてリリアーナに視線を向けた。

「い、いえ。特にはございませんが……」

不安そうに瞳を揺《ゆ》らすイザベラに、リリアーナはニッコリ笑みを浮かべると、

「では、私達と一緒にランチしましょう！」

と言った。

「「「はい？」」」

イザベラは驚きに目を見開いて固まり、エリザベスとクロエは諦めたように肩を竦める。

「今まではずっと裏庭の四阿《あずまや》でランチをしておりましたが、最近は特別室を使うようになりましたの。他に誰もおりませんから人目を気にする必要もありませんし、ゆったり寛《くつろ》げますから安心してくださいませね」

……いやいやいや、彼女《イザベラ》にしてみたら全く寛げる空間じゃないし、何を安心するんだ⁉

そんなエリザベスの心の声などリリアーナに届くはずもなく、半ば強引《ごういん》にランチに誘《さそ》われてしまったイザベラは青白い顔のまま、リリアーナ達に続いて特別室へと向かうのだった。

特別室は食堂の右奥にある階段を上った先にある部屋で、王族と王族の認めた者のみが使用を許された、その名の通り特別な部屋である。

現在使用を許されているのは王太子殿下の婚約者であるリリアーナと、リリアーナの許可した者のみだ。

常に耳目《じもく》を集める王族が、せめてこの場所でだけは気楽に過ごせるようにと作られた特別室だが、以前食堂のスタッフが盗《ぬす》み聞《ぎ》きしていたという事実があるだけに、絶対安心とは言いきれないところが多少残念ではあるのだが。

室内には重厚《じゅうこう》なテーブルが三つあり、それぞれに六席程度の椅子《いす》がテーブルを囲むように置かれ、繊細《せんさい》なレースのカーテンが掛《か》かった大きな窓からは、噴水《ふんすい》と綺麗《きれい》な花々が見下ろせる。

そんな特別室に入った途端《とたん》、イザベラは深々と頭を下げた。

「あの……以前のパーティーでは、大変失礼なことを……。申し訳、ございませ……」

目の前で弱々しく謝罪の言葉を紡《つむ》ぐこの女性は一体誰⁉　と、リリアーナだけでなくエリザベスとクロエも驚きに目を見開いた。

あのイザベラとは全くの別人です、と言われた方が信じられるレベルで違《ちが》うのだ。

思わず呆《ほう》けてしまった三人であったが、立っているのも何なのでと、皆で窓に近いテーブルの席に着く。

「まずはその姿、一体どうしたんですか？」

相変わらず、直球すぎるほどに直球の質問を口にするエリザベス。

だがリリアーナもクロエも、それが一番聞きたかったことであったため、何も言わずに静かにイザベラを見つめた。

イザベラは視線を膝《ひざ》に重ねた手に落とすと小さく息を吐いて、ポツリポツリとこれまでのことを語りだした。

ノクリス侯爵家は侯爵夫妻と嫡男《ちゃくなん》であるイザベラの兄とイザベラの四人家族である。侯爵夫妻の仲は冷え切っており、一応食事には家族が揃《そろ》うが、ほとんど言葉を交《か》わすこともない。

二人は家同士の利益を優先させた典型的な政略結婚であり、そこに現当主夫妻の相性《あいしょう》などは全く考慮《こうりょ》されなかった。

一男一女をもうけ侯爵家当主とその妻として一番大切な責任は果たしたと、以降は互いに無関心を貫《つらぬ》き、実状は名ばかりの夫婦《ふうふ》である。

五歳上の兄とは一緒に遊んだ記憶《きおく》がなく、近々結婚式を挙げる予定の兄の婚約者とも数度顔を合わせたのみで、交流はないに等しい。

そんな環境《かんきょう》にいたせいか、以前のイザベラは承認《しょうにん》欲求が非常に強かったらしい。

見捨てられるのが怖《こわ》くて、何とかして父侯爵を喜ばせるために婚約者を得ようと空回りしてしまったこと。

次代の国王となるウィリアムの不興を買ってしまったイザベラに政略結婚など望めるわけもなく、完全に両親や兄から見放され、家族揃っての食事にも呼ばれなくなり、一人自室で食事を摂《と》るようになったこと。

そして一度は修道院へ入れるという話も出たが、まだ学園を卒業していないイザベラに再教育ではなく修道院というのは些《いささ》か厳しすぎるのでは、という執事《しつじ》による必死の説得によってそれは回避《かいひ》されたこと。

今まで側《そば》にいた友人（取り巻き）達すらも自分から離れていってしまったこと。

いつから始めたのかももう覚えてはいないが、あの悪役令嬢風の縦ロールや強気なメイクは、イザベラにとって自分を強く見せるための鎧《よろい》のようなものであったこと。

「屋敷《やしき》の中でも外でも私は孤独《こどく》でしたが、それを認めるのが怖かったのです。もし私が死んでも、お父様もお母様も、お兄様も、きっと涙《なみだ》の一粒《つぶ》も零《こぼ》すことはないのだろうと思うと、私は何のためにここにいるのか、生きている意味があるのか……」

目に涙をにじませ、イザベラは拳《こぶし》をギュッと握《にぎ》った。

「周りにいた人達が潮が引くようにいなくなって、考える時間だけはたくさんあって。これからどうしたらよいのか、分からないなりに悩《なや》んで考えました。そして少しずつですが、私自身を客観的に見ることが出来るようになって気付いたのです。必要以上に傷付くことを恐《おそ》れて、自分が傷付く前に相手を攻撃《こうげき》していたことに」

変貌前の、イザベラの強気で高慢《こうまん》な態度がそれである。

「私は自ら、作らなくてもいい敵をせっせと作り出していたんですわ。いきなり攻撃された方からしてみれば、今の私の状況はきっと『いい気味』だと言えるでしょう。いえ、むしろ言われて当然なのですわ」

ハァと小さく息を吐き、そして息を吸い込むとイザベラはまたゆっくりと話しだした。

「……本当にあの頃の私は、どうかしていたとしか、愚《おろ》かだったとしか言いようがありませんもの。どんなに表面だけ強く見せたところで、それはただの張りぼてで。中身が大切なのだというそんな簡単なことすら、あの頃の私は気付くことが出来なかったのです。そう思ったら、無理して髪を巻くことも、きついメイクをすることも、何の意味もないことだと思えてきて……」

イザベラは寂《さび》しそうに笑った。

そうやって二年近くの時間を一人で過ごしてきたのだと語ったイザベラに、リリアーナは少なからずショックを受けた。

あの夜会の後、イザベラと関わることがなく気付かなかったが、まさか知らないうちにそんなことになっていたなんて……。

「私がもっと早く気付いていれば……。私がイザベラ様から受けた行いは、決して二年もの長い時間を寂しく過ごさねばならぬほどの酷《ひど》い行いなどではありませんでしたわ。貴重な学園生活の大部分を寂しい記憶で埋《う》めさせてしまい、申し訳ありません」

「いいえ、いいえ。リリアーナ様が頭を下げる必要はございません。これは私の悪行の結果ですわ。それに……」

一旦言葉を切ったイザベラを三人はジッと見つめる。

「こうなって初めて学んだこともありましたわ。家族や友人だと思っていた者達は皆私から離れていきましたが、侍女《じじょ》のカーラは、こんな私に寄り添《よそ》って一緒に泣いてくれましたの。それに執事であるセバスも、私が修道院へ入れられそうになっていたところ、父を説得してくれました。もしかしたら怒《おこ》った父にクビにされたかもしれませんのに。……家族の愛情を得ることは出来ませんでしたけれど、こんなにも近くに惜《お》しみない愛情を注いでくれる者達がいたと気付けたことに、今では感謝しておりますわ」

イザベラは花が綻《ほころ》ぶような美しい笑みを浮かべた。

その表情に三人はしばし見惚《みと》れ、そしてハッとしたようにエリザベスが言った。

「私、高飛車だった頃のあなたは好きじゃなかったけど、今のあなたとはぜひお友達になりたいわ！」

「エリー様⁉　言い方！」

クロエが慌《あわ》てて注意するも、イザベラは特に気分を害した様子もなく、それどころか嬉《うれ》しそうに笑った。

「私もイザベラ様とお友達になりたいですわ」

リリアーナの言葉にクロエも「私もですわ」と笑顔で頷く。

「私も、皆様とお友達になりたいです……」

恥《は》ずかしそうに頬《ほお》を赤らめてごにょごにょと言うイザベラに、エリザベスがサッと手を差し出して、

「これからよろしくね！」

とニッコリ笑った。

少し驚いたように何度か瞬《まばた》きを繰り返した後、イザベラはふわりと柔《やわ》らかい笑みを浮かべて、

「こちらこそ、よろしく願いします」

とエリザベスの手を握った。

イザベラがリリアーナとクロエとも握手《あくしゅ》を済ませたタイミングで、美味しそうなランチが特別室へ運ばれてくる。

「日替《ひが》わりランチのビーフシチューがいただけるなんて……」

リリアーナは感動して目の前に置かれたビーフシチューを凝視《ぎょうし》している。

エリザベスとクロエは生暖かい目でリリアーナを見ており、イザベラは不思議そうにリリアーナに声を掛けた。

「私はこちらでビーフシチューを頼《たの》んだことはないのですが、そんなに素晴らしいお味なのですか？」

その言葉にリリアーナは目をクワッと見開く。

「そんな、こちらのビーフシチューを食べたことがないですって⁉　イザベラ様、それはとんでもなくもったいないことをなさってますわ。卒業までの間にぜひ一度こちらのビー

フシチューをお召《め》し上《あ》がりくださいませ！　日替わりメニューですが月に一度ほどしか出てきませんし、しかも限定十食ですからなかなか食べられませんの。私も今までに食べられた回数はほんの数回程度ですわ。頑張《がんば》ってくださいませね」

「そ、そうですわね。次の機会がありましたら、頼んでみます……」

「ええ、ぜひ！」

ニコニコと眩《まぶ》しい笑顔を向けているリリアーナにエリザベスは苦笑を浮かべつつ、

「冷める前に食べちゃおうか」

と言った。

「そうですわね。せっかくのビーフシチューが冷めてしまってはもったいないですわ」

ビーフシチューじゃなければいいのか。

皆が心の中で同じツッコミを入れる。

「うん、美味しい」

「学園の食堂のシェフは元王宮の料理人だそうですから、どのメニューも外れがありませんわね」

「へ～、そうなんだ。毎日美味しいものが食べられるのはありがたいよね」

皆でウンウンと美味しい笑顔で頷く。

「デザートも充実《じゅうじつ》しておりますから、後で頼みましょう」

「賛成〜」

美味しく食事をいただき、頼んだデザートに舌鼓《したつづみ》を打ちながら、

「そういえば、もうすぐ国王陛下の生誕祭ですわね」

クロエが思い出したように口にした。

「ええ。今年は国王陛下の即位《そくい》二十周年という節目の年なので、多くの友好国の方々をお招きしておりますわ。ベルーノ王国《隣国》のマリアンヌ王女からも出席のお返事を頂いておりますし、今からお会い出来るのが楽しみですの」

嬉しそうなリリアーナに、エリザベスは少しだけいじわるそうな笑みを浮かべた。

「あんなに嫉妬《しっと》だの喧嘩《けんか》だので大騒《おおさわ》ぎしてたのにね〜」

「あ、あれは色々な理由というか、誤解があって……」

慌てるリリアーナをニヤニヤと見つめるエリザベスとクロエに、イザベラが首を傾げる。

「以前ベルーノ王国のマリアンヌ王女様が来訪された時にね、リリは彼女とウィリアム殿下の仲を誤解して。一方殿下はリリがこっそり王宮を抜《ぬ》け出《だ》して街に遊びに行ってたのを、誰か男と会っていたんじゃないかって誤解したの。それで二人が喧嘩してね〜」

エリザベスは尚《なお》もニヤニヤとした顔をリリアーナに向けながら、イザベラに当時のことを簡単に説明した。

その間リリアーナは顔を羞恥《しゅうち》に真っ赤に染めて、俯《うつむ》いてしまっている。

「まあ、そうでしたの。ベルーノ王国と言えば、最近何やら物騒《ぶっそう》なお話がチラチラと耳に入ってきておりますが……」

「ああ、小さなデモが国内のあちこちで起こってるっていうやつでしょ？」

「ええ。ですがマリアンヌ王女様がこちらにいらっしゃるということは、噂《うわさ》に聞くほどでもないということなんでしょうね、きっと」

「そうだよ、きっと。今年の生誕祭はいつもより豪華《ごうか》らしいから、楽しみだね」

エリザベスの言葉に皆が笑顔で頷く。

この日を境に、特別室には四人の少女達の楽しそうな笑い声が響《ひび》くのだった。

第2章　国王陛下生誕祭

緑豊かなザヴァンニ王国は、とても平和な国である。

そんなザヴァンニ王国の隣国《りんごく》であるベルーノ王国は細長い形をした海に面する国で、漁業やそれによる水産加工品が有名であった。

だが、数年前に塩害によって木々や畑に多大なる被害《ひがい》を受け、若くして王位に就《つ》いた国王と側近達はこれといった対策を取らず、特権階級である貴族を除いた平民達へ安易な増税を繰《く》り返《かえ》していた。

ザヴァンニ王国からの支援《しえん》を受けている間は何とかなっていたものの、それが打ち切られると小麦などの作物の価格が高騰《こうとう》し、それにより困窮《こんきゅう》を極《きわ》めた平民は不満を訴《うった》えて各地でデモを起こすようになった。ところが全く改善される兆《きざ》しはなく、王族や貴族に対する不満はどんどん膨《ふく》らんでいく。

そんな折に届いたザヴァンニ王国国王陛下生誕祭への招待状を手に、ベルーノ王国の王女であるマリアンヌは大きな溜息《ためいき》を一つついた。

先ほど「あなたが出席されたらいい」と渡されたのだが、支援が打ち切られたことを国王と側近達は未《いま》だ不満に思っているようだ。逆恨《さかうら》みも甚《はなは》だしい。

父である前国王が存命の頃《ころ》は、ベルーノ王国の今後についてよく語り合ったものだった。

時にはマリアンヌの幼なじみである、侯爵家《こうしゃくけ》三男のランスロットを交えた三人で。

……本当ならば父は、唯一《ゆいいつ》の王子であり次期国王となるマリアンヌの弟のセドリックと語り合いたかったのだと思う。

しかし、気が弱く学ぶことが苦手でプライドだけは人一倍高い彼は、話の輪に入ることをしなかった。

何とも勝手なものだと思うが、自ら選択《せんたく》したというのに自分抜《ぬ》きで語り合う姿が面白《おもしろ》くなかったのだろうセドリックは、いつからか父とは距離《きょり》を置くように。

父が病に倒《たお》れ、そして亡《な》くなると同時に王位に就いたが、彼はあまりに若く、そして無知であった。

賢王《けんおう》と呼ばれた父とは対照的に陰《かげ》で愚王《ぐおう》と呼ばれる彼に、何度苦言を呈《てい》したことか。

そんなマリアンヌの必死の説得も彼には全く響《ひび》かず、逆に疎《うと》まれ避《さ》けられるようになってしまったのだ。

歳《とし》の離《はな》れた姉二人は父が病に倒れる前に他国に嫁《とつ》いでおり、父が健在であった頃に一緒《いっしょ》に視察に訪《おとず》れるなどしていたマリアンヌの方が、誰《だれ》の目から見ても現国王よりも民《たみ》からの信頼《しんらい》を得ていた。だが、男尊女卑《だんそんじょひ》の強いベルーノ王国では、女というだけで王位継承《けいしょう》権を与えられない。

――自分が男であったならと、何度思ったことか。

苦しむ民の姿に、助けられたはずの命が散っていく現実に、何度血の涙《なみだ》を流しただろう。

マリアンヌは自分が力のない王女であるというやりきれない思いに、唇《くちびる》を強く噛《か》んだ。

ベルーノ王国の王宮内において、現在マリアンヌの味方といえる者は少ない。

まともな貴族達は全て閑職《かんしょく》に追いやられ、王宮内に残る味方は使用人などの権力なき者達のみである。

本来であれば心強い味方であったはずの幼なじみのランスロットは、前国王の亡き後、広い世界を見て回りたいと放浪《ほうろう》の旅に出てしまった。

――あれから二年。民のためにと踏《ふ》ん張《ば》ってきたが、ここにきてマリアンヌは心が折れそうになっていた。

気丈《きじょう》に振《ふ》る舞《ま》ってはいても、マリアンヌはまだ二十歳《はたち》になったばかりの女性である。

たった一人の弟にまるで憎《にく》い仇《かたき》のような目で睨《にら》まれ、針の筵《むしろ》の王宮内では心の休まる暇《ひま》さえない。

国内のデモも、何とかしたいのに何も手出し出来ずにもどかしい。

招待状をテーブルの上に置いて、マリアンヌは分厚いカーテンの閉まった窓辺に向かい少しだけカーテンを手で避《よ》けると、その隙間《すきま》から真っ暗な外の景色を眺《なが》める。

この視線のずっと先にあるザヴァンニ王国の友人リリアーナに、何だか無性《むしょう》に会いたくなった。

まるで小動物のように可愛《かわい》らしい彼女は見かけと違《ちが》って案外気が強く機転が利《き》き、一緒にいると自然と笑顔《えがお》になれるような、そんな存在で。

「……そうね、やはり出席することに致《いた》しましょう」

一度この場を離れ、違った角度から見ることによって何か思いつくかもしれないし、たとえ思いつかなかったとしてもリリアーナに会って英気を養えば、もう少しだけ頑張《がんば》れるような気がした。

そんなマリアンヌが女王であったならという声が、特権階級ではない民達の間で水面に広がる波紋《はもん》の如《ごと》く静かに、けれども確実に広がっていた――。


ザヴァンニ王国とベルーノ王国の国境沿いを仰々《ぎょうぎょう》しく通過していく馬車の中。

マリアンヌは一年半ほど前もこんな風にザヴァンニ王国へ向かっていたと、少しばかり懐《なつ》かしく思い出していた。

もっとも、あの時は『ベルーノ王国のため』とウィリアム王太子殿下《でんか》の正妃《せいひ》の座を得ることだけを考え、外の景色をゆっくり眺める余裕《よゆう》など全くなかったけれど。

ふた月ほどの時間をザヴァンニ王国内で過ごし色々と見て回ったが、ベルーノ王国と違い緑豊かで民達は皆《みな》、幸せそうに見えた。

とはいえ、そんなザヴァンニ王国でさえ貧民街《ひんみんがい》はある。リリアーナはそんな場所に住む子ども達に読み書き・計算を教える場を作り、薬草栽培《さいばい》という仕事を斡旋《あっせん》することでそこから抜け出せるチャンスを作ろうとしていた。

全ての者に手を差《さ》し伸《の》べられるわけではないが、これまではそのチャンスさえ与《あた》えられることのなかった者達に、わずかながらも希望の光を灯《とも》したのだ。

マリアンヌは、自分には考え付かない方法に感心したと同時に、素直《すなお》に彼女には勝てないと、そう思った。

そして気付けば、マリアンヌは彼女に「またお会いして頂けるかしら？　今度はお友達として……」と、お友達申請《しんせい》をしていたのだ。

リリアーナにとってマリアンヌはとても目障《めざわ》りな存在であったはずなのに、笑顔で了《りょう》承《しょう》してくれて、それからは何度も文を交《か》わすように。

学園の友人達とのプチお茶会の話や、個性豊かなご兄弟や使用人や騎士《きし》達の話。

それに伴《ともな》う微妙《びみょう》に嫌《いや》なお祈《いの》り（呪《のろ》い）などを読めば思わずクスクスと笑い声が漏《も》れ、心の中がじんわりと温かくなっていく。

リリアーナから送られる手紙はいつしかマリアンヌの数少ない楽しみとなり、心の疲弊《ひへい》を感じる時にはそれらを取り出し、何度も何度も読み返すのだ。

そんな彼女にもうすぐ会えるのだと思うと、心の底からひたひたと喜びが溢《あふ》れ出て、心だけでなく体まで満たされるように感じた。

とはいえ自国のあちらこちらでデモが起こっている今、他国へ出掛《でか》けることに抵抗《ていこう》がないわけではなかった。それでも、もう一人で突《つ》き進《すす》むことに疲《つか》れてしまったのだ。

だからほんの少しだけ、心の休息をさせてほしい。

国賓《こくひん》としての挨拶《あいさつ》を済ませたら、ベルーノに戻《もど》って民のためにまた頑張るから……。

大きく息を吐《は》き出し、マリアンヌは窓の外から視線を外した。


「マリアンヌ様!!」

王宮の馬車寄せに着いた馬車からマリアンヌが姿を現す。リリアーナは満面の笑《え》みを浮《う》かべながら淑女の全速力《早歩き》でマリアンヌの元へ向かった。その後ろをウィリアムがゆったり歩いている。

若干《じゃっかん》疲れているように見えるマリアンヌだったが、リリアーナを目にした途端《とたん》に柔《やわ》らかな笑顔に変わった。

「リリアーナ様！　まあ、わざわざのお出迎《でむか》えありがとうございます。手紙では何度もやり取りしておりますが、こうやってお会いするのは一年半ぶりですわね。王太子殿下とも仲睦《なかむつ》まじいようで。……お変わりありませんわね」

「マリアンヌ様も相変わらずお美しくて、お変わりありませんわね」

「「……」」

二人顔を見合わせると、我慢《がまん》できないといった風にクスクスと笑いだす。

蚊帳《かや》の外状態のウィリアムは、以前マリアンヌの訪問中に何とも情けない姿を見られているせいかばつが悪そうな、それでいて仲の良い二人の姿に面白くなさそうに、全く気持ちのこもらない歓迎《かんげい》の言葉を口にした。

「ようこそおいでくださった」

その相変わらずな様子にマリアンヌは苦笑《くしょう》を浮かべていたが、

「本当にようこそおいでくださいました。馬車旅でお疲れでしょう？　お部屋の準備が整っておりますから、夕食のお時間までどうかゆっくりなさってくださいませね」

そんなリリアーナの気遣《きづか》いに感謝の言葉を述べると、部屋へ案内する侍女《じじょ》の後をついていった。

「そうそう、先月読み書きと計算が出来るようになった子ども達四人がヴィリアーズ領へ移り、薬草栽培を学び始めましたのよ！」

王宮の奥庭《おくにわ》にある真っ白い小さな四阿《あずまや》で、リリアーナは嬉《うれ》しそうに両掌《てのひら》を胸の前で合わせてマリアンヌへ報告した。

ソフィア妃《ひ》殿下お気に入りの薔薇《ばら》を中心とした大輪の花が咲《さ》き誇《ほこ》る庭園とは違い、少しばかり地味な印象の奥庭は可愛らしい小花が植えられ、今や小花好きなリリアーナのお気に入りの場所の一つとなっている。

天気が良くここでは人目も気にせずゆっくり出来るため、リリアーナがマリアンヌをお茶に誘《さそ》ったのだ。

以前マリアンヌがザヴァンニ王国に滞在《たいざい》した頃、ベルーノ王国では塩害によって薬草が枯《か》れ果て、深刻な薬不足の状況《じょうきょう》にあった。

薬草は摘《つ》んで五日以内に加工しないとその効果はなくなってしまう。

ザヴァンニ王国一の収穫《しゅうかく》量を誇るダンテ領からではその五日を過ぎてしまうため、加工済みの薬を購入《こうにゅう》するしかなかったのだが、薬草は育てるにも加工するにも手間が掛かるために、非常に高額となってしまうのだ。

だが、ヴィリアーズ領からであればダンテ領よりもベルーノ王国との国境に近いため、ベルーノ王国内で加工が可能な日数での輸出が出来る。

すぐには難しいが、土地はまだまだ余っているし人手を増やし薬草の栽培をきちんと学ばせれば、今後の収穫量を増やすことが出来ると考えたリリアーナはマリアンヌと約束を交わしたのだ。

着実に前へと進んでいる計画にマリアンヌはきっと喜んでくれるだろうと思っていたのだが、何やら彼女の表情が苦しそうに見え、リリアーナは首を傾《かし》げた。

「……リリアーナ様。わたくしはあなたと子ども達に、謝罪しなくてはなりませんわ。あれだけ大きな口を叩《たた》いて帰国しておきながら、国境付近に薬学研究所を建てる計画は……全く進んでおりませんの」

俯《うつむ》いて膝《ひざ》の上で拳《こぶし》をギュッと握《にぎ》りながら話すマリアンヌに、リリアーナは訊《たず》ねる。

「マリアンヌ様は、研究所の設立を諦《あきら》めるおつもりですか？」

マリアンヌはガバッと音がしそうな勢いで顔を上げると、首を左右に振《ふ》りながら否定の言葉を口にした。

「いいえ、いいえ！　諦める気など毛頭ありませんわ。わたくしはベルーノの民のために、ここで諦めてはいけないのです！」

「ならば、謝罪は不要ですわね」

「え？」

「研究所の設立は予定より少し遅れているだけですわ。薬草の栽培はそんなに簡単に出来るものではありませんもの。子ども達が満足のいく結果を出すまでには今しばらくの時間が必要ですから、研究所の設立にはもう少し時間に余裕がありますわね」

リリアーナはクスクスと笑いながらテーブルの上のエッグタルトに手を伸ばす。

「それよりもこのお菓子《かし》、王宮のパティシエ達がカロリー控《ひか》えめながら美味《おい》しいものをと、研究に研究を重ねた極上《ごくじょう》の一品ですのよ？　マリアンヌ様もぜひ堪能《たんのう》なさってくださいませ！」

眩《まぶ》しいほどのリリアーナの笑顔を前に、いつの間にかマリアンヌの体からは要《い》らぬ力が抜け、纏《まと》う空気が柔らかいものへと変わっていた。

「──やはりここへ来てよかった」

小さく呟《つぶや》かれたマリアンヌの言葉は、誰にも聞かれることはなかった。

「リリアーナ様、ありがとうございます。らしくもなく弱気になっておりましたわ。千里の道も一歩から。焦《あせ》らず一歩ずつ、着実に前に進んでいきますわ」

マリアンヌは先ほどまでとは打って変わって明るい表情を見せると、リリアーナおすすめのお菓子に手を伸ばした。

高温のオーブンで焼き上げることによりサクサクの食感に仕上がったそれは、とろとろのたまごクリームとマッチして絶妙《ぜつみょう》な味に仕上がっている。

「ん、とても美味しいですわね。これは本当にカロリー控えめですの？」

「ええ。実は以前、王宮《こちら》で出されるお料理やお菓子がとても美味しくて、ついつい食べすぎてしまいまして。仕方なくお菓子を食べるのを控えようとしましたら、ウィルがパティ

シエ達にカロリー控えめのお菓子を作るようお願いしてくれましたの。初めは戸惑《とまど》っていたパティシエ達も、いつしか探究心に火がついてしまったようで、次々とカロリー控えめでも美味しいお菓子を生み出してくれますのよ？」

「まあ、それは何とも羨《うらや》ましいお話ですわね」

「ご帰国される時にお持ち頂けるよう、パティシエ達に日持ちするカロリー控えめな焼き菓子をお願いしておきますわ」

「リリアーナ様、ありがとうございます。帰国してからもしばらくは美味しいお菓子を楽しむことが出来ますわね」

　肩《かた》の力が抜けたマリアンヌとリリアーナは、美味しいスイーツとハーブティーを楽しみつつ、新しい恋愛《れんあい》小説や『子ども達の家』の話などに花を咲かせるのであった。


　ザヴァンニ王国の社交シーズンは十二月過ぎから八月頃《ごろ》までであり、シーズンが終わると領地を持つ者は自領の本邸《カントリーハウス》へと引き上げるため、王都は少しばかり寂《さび》しい様相を見せるのだが。

　国王陛下生誕祭はオフシーズン真《ま》っ只中《ただなか》に行われ、皆そのためだけに数日間王都のタウンハウスへやってくるので、その期間だけ王都は一気に華《はな》やかになるのだった。

——国王陛下生誕祭、当日。

豪奢《ごうしゃ》な両開きの扉《とびら》を開けて中に入れば、吹《ふ》き抜けの広々とした空間の奥では楽団が様々な楽器の音色を奏《かな》でており、中央のダンスホールではその音楽に合わせて楽しそうに踊《おど》る男女の衣装《いしょう》が、シャンデリアのキラキラとした灯《あか》りの下でとても華やかに映る。

ブッフェのコーナーの近くには壁側《かべがわ》に椅子《いす》が並べられており、ゆっくりと食事を楽しむことも出来るようになっていた。

特に今年は国王陛下の即位《そくい》二十周年という節目の年にあたり、多くの友好国の招待客達が参加している。

そこにはただ祝うだけでなく、豊かなザヴァンニ王国との友好親善関係の増進を図《はか》る意味もあるが——。

先ほど挨拶の言葉を終えた国王陛下はソフィア妃殿下と共に席を離れ、各国の招待客達と和《なご》やかに談笑《だんしょう》している。

その招待客の中にはもちろん国王の名代として出席しているマリアンヌ王女も混じっていた。

年嵩《としかさ》の者達に交じり通訳もつけずに対等に渡《わた》り合《あ》う姿を見れば、相当優秀《ゆうしゅう》であることが窺《うかが》える。

決して大きな声では言えないが、彼女が男であったならという声がベルーノ王国内より少なからず出ていたというのも頷《うなず》ける。

各国の使者達は彼女を通して、現在不穏《ふおん》な状況にあるベルーノ王国との今後の付き合い方を見極《みきわ》めようとしていた。

そして、王太子であるウィリアムとその婚約者《こんやくしゃ》であるリリアーナの周りにも当然の如く挨拶に来る者達が後を絶たない。

かなり面倒《めんどう》ではあるが、結婚《けっこん》前に少しでも印象を良くしておけば、後々必ず役に立つというもの。

――とはいえ。

リリアーナは今、招待客の一人であるノーリス国の第二王子アルベルトと踊っている。

ノーリス国はザヴァンニ王国から馬車で十日ほどの距離にある小国で、数年前から紡績《ぼうせき》に力を入れていた。

手触《てざわ》りが良く皺《しわ》になりにくい生地《きじ》はザヴァンニ王国でも大変人気で、半年ほど前から本格的に輸入を始め、今回友好国として初めて招待したのだが……。

リリアーナの一歳上だというアルベルトは、ダンスをしながらも何やら楽しそうに話《はな》し掛《か》けているのだ。

「それにしても近すぎるのではないか⁉」

眉間《みけん》の皺を深くしながら、ウィリアムの視線は常にリリアーナへと向けられている。

さすがに国賓として招いた相手からのダンスの誘いを断るような真似《まね》は出来ないが、自分以外の男性とのダンスを見せつけられるのは面白くない。

実は彼の前にもリリアーナと踊った者は二人いたが、彼らは父親ほどの年齢《ねんれい》だったため、ウィリアムも安心して見ていられたのだ。

だが、歳が近い者となるとそうもいかない。

それでなくても、今日のリリアーナはとても可愛らしい。

いや、いつも可愛らしいが、今日は特別可愛いのだ。

このまま放っておいてはダンスの申し込みが殺到《さっとう》してしまうかもしれない！

そう思うと矢も楯《たて》もたまらず、ウィリアムは今流れている曲が終わり次第《しだい》リリアーナを回収すべく、彼女の元へ向かった。

リリアーナはウィリアムの姿を視界に捉《とら》えると、安心したようにふわりと柔らかい笑みを浮かべた。

「失礼、そろそろ私の最愛の婚約者を返してもらうよ？」

アルベルトの後にリリアーナにダンスを申し込もうと思っていたらしい男性に声を掛けると、彼は少し驚《おどろ》きながらも貴族らしい笑みでリリアーナに、

「これは残念。次の機会にはぜひ私とも踊って頂きたい」

そう言ってそそくさとその場を後にした。

その様子を見ていたアルベルトは楽しそうに目を細める。

「ザヴァンニ王国の王太子が婚約者を溺愛《できあい》しているって話は本当だったんですね」

「でっ！」

急に溺愛と言われてつい大きな声を上げそうになり、リリアーナは慌《あわ》てて口を噤《つぐ》んだ。

羞恥《しゅうち》に体をフルフルと震《ふる》わせるリリアーナを面白いおもちゃでも見つけたかのような顔で見るアルベルトに、ウィリアムは牽制《けんせい》するかのように絶対零度《れいど》の視線を向ける。

ザヴァンニ王国一の強さを誇る近衛《このえ》騎士団長の強さは他国にも轟《とどろ》いており、その団長の剣《けん》を唯一まともに受けられるウィリアムからの鋭《するど》い視線を向けられたアルベルトは、まるで蛇《へび》に睨まれた蛙《かえる》のようにカチンと固まってしまった。

「ウィル？」

小首を傾げて見上げるリリアーナに、ウィリアムは先ほどの視線は何だったのかと思えるほどの優《やさ》しい笑顔で「どうした？」と訊ねる。

それと同時にウィリアムからの威圧《いあつ》が消え、アルベルトは『助かった』とばかりにホッと安堵《あんど》の息を吐いた。

「お二人の結婚式には私ではなく王太子《兄》が出席致します。なので少しばかり早いですが、おめでとうございます。お二人の更《さら》なるご活躍《かつやく》を心より願っています」

その言葉にウィリアムは数カ月先の結婚式の日を思って、嬉しそうにリリアーナの肩を抱《だ》き寄せ「ありがとう」と言った。

「では、失礼します」

アルベルトはそう言うと、逃《に》げるように二人の元を離れていった。


「ウィル、少しよろしいですか？」

「ん？　どうした？」

「挨拶したい方がおりますの。ご一緒して頂いても？」

「ああ、構わないが……それは女性か？　それとも……」

たちまち不機嫌《ふきげん》そうに眉間に皺を寄せるウィリアムに苦笑を浮かべながら、

「女性ですわ」

とリリアーナが答えると、ウィリアムはホッとしたように一つ頷いた。

向かった先にいたのは、淡《あわ》いグリーンのシンプルだが仕立ての良いドレスに身を包んだ清楚《せいそ》なご令嬢《れいじょう》だった。

「ベラ様」

「リリ様」

リリ様と呼ばせている以上、リリアーナにとって仲の良い友人なのだろうが、はて？

ベラなどという名は聞いたことがないウィリアムは、もう一度女性の姿をよく見てみる。

――が、やはり見覚えがない。

「君は……」

国賓の招待客ではないし、国内にもこのような令嬢はいただろうかと思案を巡《めぐ》らせる。

そんなウィリアムに、ベラと呼ばれた令嬢が緊張《きんちょう》した面持《おもも》ちで語り掛けた。

「久しくお目に掛かります。ノクリス侯爵家長女の、イザベラでございます。以前、ウィリアム王太子殿下が主催《しゅさい》されましたパーティーでは大変失礼な真似を致しまして、その、本当に、申し訳ございませんでした……」

比較的《ひかくてき》近くにいた者達は、リリアーナがウィリアムを伴って声を掛けた相手があのイザベラであることと、その容姿の変化にざわついた。

騒《さわ》ぎを起こした夜会の後からイザベラは社交界に姿を見せることがなくなり、誰も最近のイザベラの様子を知る者はいなかったのだ。

ウィリアムも以前とは全く違うその姿に驚きつつも、イザベラがリリアーナに摑《つか》み掛かろうとした姿を思い出し、怒《いか》りによって目つきが鋭くなったその時、

「ベラ様は、今はとても仲の良いお友達なんですのよ」

サプライズ成功とばかりに、リリアーナはクスクスと可愛らしく笑った。

「は？　友達？」

「ええ、仲の良いお友達ですわ」

「なぜ……？」

ニコニコと楽しそうなリリアーナと、困ったような、だがどこか嬉しそうな顔をしたイザベラを交互《こうご》に見る。

リリアーナの笑顔は淑女《しゅくじょ》としてのそれではなく自然なものであり、嘘《うそ》を言っていないことが分かる。

「ねえ、ウィル？　人とはよく間違《まちが》え、そしてその間違いから学んでいくものだとは思いませんか？　……とはいえ、間違いでは済まされないこともあるでしょう。それを踏まえた上で、私はイザベラ様の謝罪を受け入れ、今では仲の良いお友達になりましたの」

ウィリアムは、かつて自分に嫌がらせをしてきた相手と仲直りして受け入れるリリアーナの懐《ふところ》の広さに感心するとともに、人とは間違いから学ぶ生きものだという言葉を、次期国王として真摯《しんし》に受け止めた。

「そうか。リリーが納得《なっとく》して謝罪を受け入れたのならば、私もそれを尊重しよう。……それにしても、本当に本人かと疑いたくなるほどに変わるものだな」

最後の方は小さく呟いたつもりが、しっかりと聞こえていたらしい。

リリアーナとイザベラは顔を見合わせて笑っている。

「実はあの姿を作るにはとても時間が掛かりましたの。毎朝夜明け前には起きておりましたわ」

「そんなに……？」

リリアーナとウィリアムは驚きに目を見開く。

「お陰様《かげさま》で今はゆっくり睡眠《すいみん》がとれるようになりまして、健康的な生活が送れておりますわ」

「そうか、それは何よりだ」

時折笑顔を交えて話す三人の様子を窺っていた者達から『婚約者《リリアーナ》だけでなく王太子殿下とも笑顔で言葉を交わしていた』として、ウィリアムから赦《ゆる》されたと解釈《かいしゃく》されたイザベラ。

波が引くように去っていった者達がまるで何事もなかったかのように話し掛けてくることに呆《あき》れながらも、以前の自分はそちら側の人間であったのだと改めて反省するのと同時に、それに気付けるようになった自分が少しだけ好きになれそうな気がしたイザベラであった。

幕間 ◆ 侍女のカーラ

一年半ほど前、イザベラ様が王太子殿下《でんか》のご不興を買ったとして、真っ青な顔色でご帰宅された日のことは今でも鮮明《せんめい》に覚えております。

このノクリス侯爵《こうしゃく》家《け》には、家族の温かみだとか触《ふ》れ合《あ》いといったものはこれっぽっちもございません。

そんな環境下《かんきょうか》で育ったイザベラ様は侯爵様や侯爵夫人《ふじん》に褒《ほ》めてもらいたい一心で、何事にも真面目に一生懸命《いっしょうけんめい》取り組んでおられました。

少しばかり思い込みの激しいところもありますが、イザベラ様が案外根っこの部分は素直《すなお》で優《やさ》しいことは、誰《だれ》よりも私が知っております。

いつだったか、

「高位貴族の令嬢《れいじょう》は、立派な縦ロールヘアでなければいけないのですって」

などと言い出され、美しいストレートの髪《かみ》をしっかりと巻くように言いつけられたり、

こっそり自室で高笑いの練習をされていたり。

そしてそれを私に目撃《もくげき》され、恥《は》ずかしそうに顔を赤らめたりする姿はとても可愛《かわい》らしく

て、思わず頬《ほお》を緩《ゆる》めておりました。

ですが、一体どこでそんな変な情報を手に入れられたのでしょうね。

やんわりと『間違《まちが》っているのでは？』とお伝えしましたが、思い込みの激しいイザベラ様はずっとその姿を続けられ、立派な悪役令嬢風に成長なされました。

ザヴァンニ王国内の公爵《こうしゃく》家には王子様達と歳《とし》の釣《つ》り合う令嬢はおらず、ノクリス侯爵家とノートン侯爵家の二家の令嬢が第一王子の婚約者《こんやくしゃ》候補の筆頭とされておりました。

しかし、ノートン侯爵家のユリエル様は第二王子であるオースティン殿下と婚約され、これによりイザベラ様が第一王子であるウィリアム殿下の婚約者になるものだと、ノクリス侯爵様は信じておられたのです。

――ですが、第一王子が決められた婚約者はイザベラ様ではなく、ヴィリアーズ伯爵《はくしゃく》令嬢でした。

ノクリス侯爵様の落胆《らくたん》は、それはそれはもう大変なものでした。

しばらく顔を見たくないなどとイザベラ様に暴言を吐《は》かれて。

イザベラ様のあの傷付いたお顔を見ても何も思わない様子の侯爵様にとても腹が立ち、愛用されている毛生え薬に脱毛剤を少しばかり混ぜてやったのは秘密です。

そしてあの日――。

夜会から戻《もど》られたイザベラ様は真っ青な顔色をされており、それとは反対に以前より更《さら》に頭頂部が寂《さび》しくなられた侯爵様は、真っ赤な顔に怒《いか》りの表情を浮《う》かべておられました。

玄関《げんかん》ホールに入った途端《とたん》、侯爵様は勢いよく振《ふ》り返《かえ》ると、力任せにイザベラ様の頬を叩《たた》いたのです。

その勢いで床《ゆか》に倒《たお》れ、震《ふる》えながら頬を手で押さえるイザベラ様に、

「この、恥《はじ》さらしがっ！　今後私の前に二度とその面を見せるな!!」

大声で吐き捨《す》てるようにそう言うと、イザベラ様を見ることなくその場を立ち去られました。

呆然自失《ぼうぜんじしつ》のイザベラ様を半ば無理やりに部屋のソファーへとお連れし、ハーブティーをお淹《い》れする頃《ころ》には少しだけ落ち着かれたように見えました。

「今度こそ私は、お父様を失望させてしまいましたわ……。お父様の言う通りに頑張《がんば》ったつもりでしたのに、一体何がいけなかったのかしら？　私は何を、どこから間違ってしまったのかしら？　どうして私は、誰からも、愛してもらえないのかしら……？　ねえ、カーラ。私、分からないの。分からないのよ……」

最後の方は声を押し殺《ころ》すように、けれどもそれは心からの叫《さけ》び声《ごえ》のようにも聞こえて。

両手で顔を覆《おお》って声を出さずに泣く姿はとても痛々しく、気付けば私もつられるように涙《なみだ》を流しておりました。

「イザベラ様が一生懸命で素直で優しい方であることは、誰よりも私が存じております。

此度《こたび》のことは、その……、確かに少しばかりやりすぎてしまったのかもしれませんが、イザベラ様はまだ十六歳の学生です。子どもの失態は周りの大人の責任、つまりは私達の責任でもあります（一番は侯爵様と奥様《おくさま》ですがっ！）。何が間違いでどうしたらよかったのか、一緒《いっしょ》に考えましょう？　きっとまだ遅《おそ》くはありませんわ」

「カーラ……。カーラ、カーラ、カー……ラぁぁぁぁ！」

イザベラ様は勢いよく私の胸に飛び込むと、私の名前を泣きながら呼び続け、私はそんなイザベラ様の頭をずっと撫《な》で続けることしか出来ませんでした。

——どれくらいの時間が過ぎたのか。泣き疲《つか》れて眠《ねむ》ってしまったイザベラ様を起こさぬようにそっとベッドへ移し、夜着に着替《きか》えさせようとして、彼女の手がしっかりと私の服を握《にぎ》っていることに気付きました。

これでは着替えさせることが出来ません。

迷いましたが、ここで起こすのは何とも忍《しの》びなく。今日はドレスのまま眠って頂くことにして、私はというと、すぐ側《そば》にあった鏡台の椅子《いす》を何とか手繰《たぐ》り寄《よ》せ、座って眠ることに致《いた》しました。

翌朝お目覚めになったイザベラ様は、ヨレヨレのドレスに髪は絡《から》まり瞼《まぶた》は腫《は》れ上がってとんでもない状態でしたが。

少し恥ずかしそうに、けれども何かを吹《ふ》っ切《き》ったような晴れやかな笑《え》みを浮かべるお姿が、私の目にはとても美しく映ったのでした。

久しぶりのパーティーから戻ったイザベラ様は多少の疲れも見えますが、その顔には何やら柔《やわ》らかな笑みが浮かんでおり、私はホッと胸を撫で下ろしました。

「イザベラ様、本日の浴槽《よくそう》には特別な精油を入れておりますので、ゆっくり疲れを癒《いや》してくださいませ」

精油はそのまま湯船に入れると、肌《はだ》に直接付着して肌荒《はだあ》れを起こしてしまう。

少し手間は掛《か》かるけれど、リラックス効果のある植物由来の精油を天然塩でよく混ぜてから浴槽へ入れることによって、肌荒れを防ぐことが出来るのです。

とはいえ。あの頃とは違《ちが》って、イザベラ様のためとあらばその手間を惜《お》しむ使用人はもうこのお屋敷《やしき》にはおりません。

「カーラ、いつもありがとう」

「……もったいないお言葉でございます」

カーラはゆっくりと頭を下げる。

イザベラ様は随分《ずいぶん》と雰囲気《ふんいき》が柔らかくなられ、私達使用人一人一人にお礼と労《ねぎら》いの言葉を伝えてくださるようになりました。

侯爵様の怒りを買ってからイザベラ様を遠巻きにしていた者達は困惑《こんわく》しつつも、そんなイザベラ様の様子に、次第《しだい》に元の態度へと戻っていきました。

使用人として当然のことをしているだけですのでお礼は不要と申しましても、

「それでも、私がありがとうと伝えたいの」

と仰《おっしゃ》り、感動で目にうっすらと涙の膜を張ったのは、私だけではございません。


入浴を済ませたイザベラ様は、夜着に上着を羽織りソファーへ腰掛《こしか》けられたので、お好きなミルクチョコレートを一欠片《かけら》溶《と》かし入れたホットミルクをお持ちしました。

「パーティーは楽しめましたか？」

イザベラ様は小さく頷《うなず》くと、微《かす》かな笑みを浮かべつつパーティーでの出来事を語り始めました。

ヴィリアーズ伯爵家のご令嬢が王太子殿下をお連れになって、イザベラ様の元にいらっしゃったこと。

王太子殿下と会話を交《か》わされたことによりイザベラ様は赦《ゆる》されたものと解釈《かいしゃく》され、一度離《はな》れていった者達がしれっと寄ってきたこと。

恨《うら》んでいるわけではないけれど、信用出来ない者といるくらいなら一人で静かに過ごす方が快適だと知った今、その者達と再び馴《な》れ合おうとは思わないのだと仰ったイザベラ様の横顔に、嘘《うそ》はないように思えます。

「カーラ、私ね、今だから言えることがありますのよ？　リリ様を他のご令嬢達と囲んで貶《おとし》めるようなことを言ってしまったり、突《つ》き飛《と》ばそうとしたり……。あの頃の私は、本当に最低でしたわ。王太子殿下の不興を買って皆《みんな》が私から離れていきましたのは、自業自得《じごうじとく》としか言いようがありませんわね」

「そんな……」

慌《あわ》てて否定の言葉を口にしようとした私の言葉を遮《さえぎ》り、イザベラ様は優しい笑みを私に向けました。

「大丈夫《だいじょうぶ》よ、カーラ。ちゃんと分かっていますわ。……何もかもを失った気になっていたけれど、違う。違うのよ。私にはカーラがいてくれましたもの。こんな私のために一緒に涙を流してくれたのは、あなただけでしたわ。血の繋《つな》がった家族でさえ、汚《きたな》いものを見るような目を私に向けていたというのに。カーラがいてくれたから、私は愚《おろ》かな自分に気付くことが出来ましたの。本当に、感謝してもしきれませんわ」

「イザベラ様……」

感動に打ち震える私とは対照的に、イザベラ様の表情が次第に曇《くも》りだしました。

「でもね……。王太子殿下に赦された今、お父様は嬉々《きき》として私の政略結婚《けっこん》のお相手を探すことでしょう。私ももう十八歳、あと数カ月で学園を卒業する身。いつ結婚してもおかしくない年齢《ねんれい》ですわ。とはいえ有力なお家《うち》の方はすでに婚約を結ばれておりますし、お父様が納得《なっとく》なさる方で婚約者がいない方となると、ホセ殿下くらいですわね。でも、王太子殿下に赦されたとはいえ、あれだけのことを仕出かした私がホセ殿下のお相手に選ばれることはあり得ませんもの。であれば、どなたかの後添《のちぞ》いになると考えるのが妥当《だとう》ですわ」

そう言ってイザベラ様は遠くを見つめるような目をされ、私の心はぎゅっと締《し》め付《つ》けられたように苦しくなりました。

「結婚前に顔合わせをして頂ければよいのですが、あのお父様のことですもの。結婚式の当日に初めてお会いするなどといったこともあるかもしれませんわね。……カーラ、その、もし私が結婚したら、あなたも一緒に来てくれないかしら……？」

不安に瞳《ひとみ》を揺《ゆ》らしながら私の顔色を窺《うかが》うイザベラ様の足元に跪《ひざまず》き、傷一つないまるで陶器《とうき》のように美しく手入れされた両手を取って、

「誰に何と言われようと、私はイザベラ様の侍女《じじょ》です！　どこまでもお供致します！」

そう宣言すれば、イザベラ様は喜びを隠《かく》すことなく屈託《くったく》のない笑顔《えがお》を見せた。

「カーラが一緒にいてくれたら、私はきっと、どこに嫁《とつ》いでも頑張れるわ！」

その言葉に、嬉《うれ》しさのあまり私の目からは滝《たき》のように涙が溢《あふ》れて止まらず、おろおろするイザベラ様があまりにも可愛らしくて、更に涙が止まらなくなり。

そんな私をギュッと抱《だ》き締めながら、イザベラ様は小さな声で「カーラ、ありがとう」と仰った。

本当に、私にはもったいないお言葉で。でもそんなお言葉をくださるイザベラ様だからこそ、どこまでもついていくと決めたのです。

出来ることならば、たとえ政略結婚であったとしても、この寂しがり屋で心優しいイザベラ様を心から大切にしてくださる方とのご縁《えん》が結ばれますように……。

そう願わずにはいられません。

第3章　マリアンヌ王女様とお出掛け

国王陛下生誕祭も無事に終わり、リリアーナが翌々日に帰国予定であるマリアンヌの部屋を訪《おとず》れると、彼女は穏《おだ》やかな微笑《ほほえ》みを向けて喜んで迎《むか》え入《い》れてくれた。

「リリアーナ様、いらっしゃい！　来てくださって嬉《うれ》しいわ」

「ありがとうございます。帰国前のお忙《いそが》しいところにすみません」

「いいえ、気になさらないで。それに忙しいのはわたくしではなくて、侍女《じじょ》達ですわ」

うふふと楽しそうに笑いながら、

「どうぞお座りになって？　今お茶を用意させますわ」

その声に忙しいはずの侍女達が手を止めて、お茶の準備を始める。

少しばかり申し訳ない気持ちでリリアーナは小さい体を更《さら》に縮こませつつも、テーブルの上に並べられた色とりどりのお茶菓子《ちゃがし》についつい視線が向いてしまう。

そんなリリアーナの姿を見守りながら、寂《さび》しそうにマリアンヌが呟《つぶや》いた。

「時間とはかくも早く過ぎてしまうものですわね。それが楽しい時間であれば尚更《なおさら》に……。

もう少しゆっくりと過ぎてくれたなら、その分だけ長くリリアーナ様と楽しい時間を過ごせますのに」

　リリアーナはほんのり甘酸《あまず》っぱい苺《いちご》の焼きメレンゲを紅茶で流し込むと、マリアンヌだけに聞こえるような小声で聞いてみる。

「マリアンヌ様、この後何かご予定はございますか？」

「予定ですか？　特に入れておりませんが」

　マリアンヌもリリアーナに合わせて小声で返した。

「では、一緒《いっしょ》に街に出《で》掛《か》けませんか？」

「街に？」

「ええ。今日は噴水《ふんすい》広場に屋台が並ぶ日なんですの。美味《おい》しそうな香りを漂《ただよ》わせる食べ物や変わったアクセサリーや外国のタペストリーや、とにかくたくさんのお店が並んでおりますわ。見るだけでも楽しめますし、その後に『子ども達の家』に寄って、子ども達がどのように過ごしてあれからどのように変わったのか、様子を見に行きませんか？」

　マリアンヌはパアッと顔を輝《かがや》かせ、リリアーナの両手をガシッと力強く握《にぎ》った。

「リリアーナ様、ぜひご一緒させてくださいませ！　噴水広場の屋台もですが、この一年半の間に子ども達がどのように変わったのか、わたくし自身の目で見てみたいですわ！」

「ではすぐに平民風の服を届けさせますので、そちらに着《き》替《か》えてお待ち頂けますか？　私も着替えて、護衛の騎士《きし》を連れてお迎えに参ります」

「ええ、とっても楽しみですわ！」

「……ということで、マリアンヌ様と街にお出掛けすることになりましたから、平民風の服をマリアンヌ様のお部屋に届け、私達も準備を急ぎますわよ」

口をポカンと開けながらも呆《あき》れたような目をこちらに向けるモリーと、

「いやいやいや、何が『というわけで』だよ！　相手は他国の王女様だぞ⁉　何かあったらどうすんだよ！」

かつて近衛《このえ》騎士団一の問題児、女好きの『エロテロリスト』と呼ばれていたケヴィンは、リリアーナ付きの護衛となってからはすっかり鳴りを潜《ひそ》めている。とはいえ相変わらず言《こと》葉遣《ばづか》いは悪いし、騎士服は着崩《くず》しているが。

「まあ、ケヴィンは私とマリアンヌ様を守り通す自信がないと……？」

リリアーナが頰《ほお》に手を当ててチラリと残念そうな目を向ければ、ケヴィンはムッとした表情で反論の言葉を口にする。

「んなわけないだろ！」

「では守ってくださいませね」

リリアーナが楽しそうに返すと、ケヴィンは『しまった』といった顔をするも、諦《あきら》めたようにハァと大きく息を吐《は》いた。

「あ～、もう。分かったよ！　あと数人腕《うで》の立つ奴《やつ》を連れてくる。その代わり、勝手な行動だけは絶・対・に、しないこと。でないと殿下《でんか》に告げ口するからな！」

「さすがケヴィン、頼《たよ》りになりますわ！」

「……ったく。調子がいいんだよ、嬢《じょう》ちゃんは」

ブツブツ言いながらも、何だかんだとケヴィンもリリアーナには甘い。

そしてそんなケヴィンにモリーがボソッと言う。

「どうせこうなるんですから、初めから快く了承《りょうしょう》しておけばいいのに」

事実故《ゆえ》に何も言葉を返せず、苦虫を噛《か》み潰《つぶ》したような顔のケヴィンに手をヒラヒラと振《ふ》りながら、モリーは準備に動きだした。

「ほらほら、他の騎士様達を連れてくるなら早く行ってらっしゃいな。その間に人数分のラフなシャツとスラックスの用意をしておくから」

「へいへい」

肩《かた》を竦《すく》めるように適当な返事をしながら、ケヴィンも準備を始めるのだった。


「マリアンヌ様は何を召《め》しても素敵《すてき》ですわね」

淡《あわ》いラベンダー色のシンプルなワンピース姿であっても、マリアンヌの上品さとスタイルの良さは隠《かく》しきれていない。

「リリアーナ様もとてもよくお似合いですわ」

一方リリアーナが着用している一見シンプルなハイウエストのワンピースは、バックリボンがポイントで可愛《かわい》らしく、確かによく似合っている。

どちらもお洒落《しゃれ》が大好きな侍女のモリーが嬉々《きき》として用意したもので、『貴族令嬢のお忍《しの》び街歩き風』コーデらしい。

特に今回はリリアーナとは全く違《ちが》うタイプのマリアンヌの服が選べると、途中《とちゅう》から変なテンションになっていたので、リリアーナは見ない振りをした。

目立たぬように紋章《もんしょう》なしのシンプルな馬車を用意してもらい、噴水広場へ向かう。

広場の近くにある馬車停《ど》めで馬車を降り、そこからは徒歩だ。

ちなみに護衛は、並んで歩くリリアーナとマリアンヌの前後に二人ずつと、少し離《はな》れてついてきている二人の計六人である。

「賑《にぎ》やかで活気がありますわね」

何とも楽しそうなマリアンヌの様子に、リリアーナの顔にも自然と笑《え》みが浮《う》かぶ。

「ええ、この噴水広場は曜日によって今日のような屋台が並んだり、楽団の演奏に合わせて踊《おど》り子《こ》が踊ったり、大道芸が行われたり、骨董《こっとう》市が開かれたりしますのよ。前回マリアンヌ様がいらした時は、確か骨董市の日でしたかしら？」

「あまりよく覚えておりませんが、言われてみればそうだったかもしれませんわね。もう

「もし人混みに気分が悪くなったりされた時にはすぐ教えてくださいませね？　それと、護衛の騎士もおりますし大丈夫《だいじょうぶ》だとは思いますが、念のため、はぐれないように手を繋《つな》ぎましょう」

リリアーナの『手を繋ぐ』という言葉に、後ろ側にいたケヴィンがブハッと噴《ふ》き出《だ》した。

「……ケヴィン？　いきなり何ですの？」

訝《いぶか》しげな視線を向けたリリアーナに『待て』と言わんばかりに前に出したケヴィンの手が、フルフルと小刻みに震《ふる》えている。

「いやほら、前に嬢ちゃんの兄弟達と一緒に市場に行った時のことを思い出して、ちょっとな……くくくっ」

ケヴィンが思い出したのは、リリアーナの兄イアンとその婚約者《こんやくしゃ》となったアマーリエが『子ども達の家』で初めて出会った日のことだ。

久しぶりに兄妹《きょうだい》三人が揃《そろ》ったこともあり皆《みな》で市場に行こうという話になった時、リリアーナがちょうどその場にいたアマーリエに声を掛《か》け、一緒に出掛けることに。

市場の人混みを前に、リリアーナがはぐれないように二人一組で手を繋ごうと提案したまではよかったが、護衛であるケヴィンともう一人の騎士にまで、

「あなた達は手を繋ぎませんの？」

と不思議そうな顔で聞いてくる、といったことがあったのだ。

ケヴィンが笑いながら簡単にその時の説明をすれば、マリアンヌだけでなく他の護衛の騎士達までもがリリアーナに温かい眼差《まなざ》しを向けてくる。

何とも居心地《いごこち》の悪い視線はケヴィンが余計なことを言ったからだと、リリアーナはいつものように、

「ケヴィンなんて、両手をささくれに悩《なや》まされたらいいんですわ！」

と、微妙《びみょう》に嫌《いや》なお祈り《呪い》の言葉を吐いた。

ケヴィンは引きつった笑みを浮かべ、マリアンヌや他の護衛達は生暖かい視線をリリアーナに向けるのだった。


「何だか美味しそうな香りがしますわね」

マリアンヌがキョロキョロと香りのする店を探していると、リリアーナは得意げに少し先にあるお店を指差しながら、

「これはあちらの串焼《くしや》きの香りですわ。お肉を炭火で焼いてタレに漬《つ》けて更に焼いたものですが、甘辛《あまから》いタレが絶品なんですのよ⁉」

と若干《じゃっかん》興奮気味に説明し、前を歩く騎士達に串焼きの屋台に寄るようにお願いした。

先代国王《父》について視察に行くことが多かったマリアンヌだが、ザヴァンニ王国に比べて

あまり裕福《ゆうふく》とは言えないベルーノ王国には、市場でもここまでの活気はなかったらしい。見るもの聞くもの全てが新鮮《しんせん》だと瞳《ひとみ》をキラキラと輝かせるマリアンヌの姿は、いつものしっかり者の王女ではなく年相応の女性に見える。

串焼きだけでなく、他にも飲み物や甘いお菓子《かし》などをいくつか選んで買っていく。屋台がひしめく中に飲食スペースがあり、テーブルと椅子《いす》の置かれたその場所はそれなりに埋《う》まっていたが、離れて護衛していた騎士が席をとってくれていた。

騎士達にお礼を言って席に着く。

「マリアンヌ様、何から……」

まずはマリアンヌの食べたいものからと思い訊《たず》ねたリリアーナの言葉を遮《さえぎ》るようにして、少し恥《は》ずかしそうにマリアンヌが言った。

「アンヌと呼んでくださいませんか？」

「え？」

「親しい者は皆、わたくしをアンヌと呼んでくれましたの。今は、そう呼んでくれる者は少なくなりましたが……」

少し寂しそうな顔のマリアンヌに、リリアーナは提案する。

「では、私のことはリリと呼んでくださいませ。親しい者は皆、私のことをリリと呼んでくださいますの。あ、でもウィルだけは私のことをリリーと呼びますが、この呼び方は

「……」

「自分だけの呼び名だと仰《おっしゃ》るのでしょう？　あの方らしいですわね」

マリアンヌはクスっと笑った。

以前ザヴァンニ王国に滞在《たいざい》した際、なぜかリリアーナと初めての喧嘩《けんか》をして項垂《うなだ》れているウィリアムの相談に乗るなどして、散々彼の情けない姿を目にしていたのだ。

ウィリアムがリリアーナ限定で嫉妬《しっと》深《ぶか》く、そして不器用であることは前回の訪問で嫌と言うほどに見せつけられて知っている。

国のためにと一度はウィリアムの正妃《せいひ》の座を狙《ねら》いはしたが、今は全くもってそんな気はなく、ウィリアムのというより、リリアーナの幸せを心から願っているのだ。

「ザヴァンニ王国《このくに》には美味しいものがたくさんありますわね。ベルーノ王国にもそういったものがあれば、もう少し活気づくのかしら？」

串焼きを食べながらポツリと零《こぼ》すマリアンヌに、リリアーナは不思議そうな顔で訊ねた。

「ベルーノ王国は海に面していて水産加工品が有名でしたよね？　それを使った新しいメニューを生み出したりとかはしませんの？」

「恥ずかしながら、我が国は増税に次ぐ増税によって、民《たみ》は元気をなくしておりますの。新しいメニューを考える気力が民にあるかどうか……」

「そうですわね……。でしたら料理の大会などしてみたらどうかしら？　決まった水産加工品を使った新しいメニューを条件に、誰《だれ》でも無料で参加が出来ますの。観覧者からは子どもの小遣《こづか》い程度の入場料をとって、その入場料を勝者の賞金に充《あ》てるようにすればさして懐《ふところ》も痛みませんわ。……とはいえ、大会がそこそこ有名になり、参加者と観覧者の数が増えるまではある程度の出費は必要になるとは思いますが」

「……それは面白《おもしろ》そうですわ。大会が大きくなれば、国外からの参加者や観光客が見込《みこ》めるかもしれませんわね」

マリアンヌの瞳がキラリと光る。

「ですが、美味しそうな料理をどなたかが食べている姿をただ見ているだけというのは何とも……」

リリアーナが眉毛《まゆげ》をハの字に下げて、微妙な顔をした。

「では参加者達には審査《しんさ》用だけでなく大量に作ってもらい、それを会場内で販売《はんばい》するというのは？」

「それがいいですわ！　ですが、どうせならば一品だけでなく全てのメニューを食べてみたいですわね。……少量で値段を安くすればどうかしら？　観覧者達も審査する者と同じメニューを食べ比べることができますし、話題にもなりますわね」

「「……」」

真剣《しんけん》な顔で見つめ合うリリアーナとマリアンヌ。

そして次の瞬間《しゅんかん》二人ガシッと手を握り合って、

「素晴《すば》らしいですわ！」

「楽しそうですわ！」

瞳をキラキラさせて楽しそうに笑い合う。

「色々と細かい部分は検討しなければなりませんが、予算の少ない我が国にとって、これ以上にないアイデアですわ。だからこそ、リリ様が考えたアイデアを我が国で使用してもよろしいのでしょうか……？」

「もちろんですわ。ゆくゆくはウィルと一緒に大会を観覧して、全メニューを食べ尽くしてみせますわ！」

「リリ様、ありがとうございます！　これが実現すれば、きっと民達の生活が向上致しますわ」

「薬学研究所の設立もグッと近付きますわね」

マリアンヌはうふふと可愛らしく笑って、

「ホッとしたらお腹《なか》が空《す》いてきましたわ」

そう言って串焼き肉に手を伸《の》ばした。

お腹もいっぱいになり残りの屋台を見て歩いていると、色ごとに分けられた飴《あめ》がたくさん入った籠《かご》を並べてある屋台が目に飛び込んできた。

籠の後方には可愛らしい瓶《びん》がズラッと並べられており、どうやらその瓶に入るだけ飴を詰《つ》められるらしい。

少し奥には、ドライフルーツやナッツなども籠に入って置いてある。

「まあ、なんて可愛らしい！」

リリアーナはマリアンヌと手を繋いでいたため、自然とマリアンヌもその屋台へと連れてこられる。

「うわ〜、嬢ちゃんが好きそうなやつ」

後ろでケヴィンが何やら言っているが、リリアーナの耳にはもう届かなかった。

「え？　瓶も好きなものを選べますの？」

大・中・小の三種類ある大きさの瓶にはそれぞれ透明《とうめい》なものや薄《うす》いピンクや淡いグリーンなど、数種類ずつ取り揃えてある。

「え？　蓋《ふた》も選べますの？」

蓋はチェックと花柄《はながら》とドット柄の三種類ではあったが、全て手描きのものらしく微妙に違っている。

「この花柄は可愛いですが、色はこちらの方が……」

蓋を見る目が真剣そのものだ。こうなるともう誰にも止められないだろう。

気付けばすでに両手に瓶が握られている。

「この色の瓶にはこの色の飴が合いますわね。……そうですわ、子ども達にも買っていきましょう！」

詰め終わった瓶は蓋を閉めてケヴィンに渡《わた》し、今度は子ども達のお土産《みやげ》用の瓶を選び、色とりどりの飴を詰めていく。

それを横で見ていたマリアンヌも「では、わたくしも」と、大きい透明の瓶にドライフルーツを詰めていった。

「自分の好きなように詰めるといったことが、こんなにも楽しいだなんて知りませんでしたわ」

どうやら子ども達の分だけでなく、王宮で待つ侍女達の分まで購入《こうにゅう》するつもりらしい。

リリアーナはマリアンヌが心から楽しんでくれている様子にホッと小さく息を吐いた。

久しぶりに会ったマリアンヌは笑みを浮かべてはいるがどこか表情が硬《かた》く、何かに悩んでいるように見えた。

その悩みはすぐに、彼女からの謝罪によって未《いま》だ約束が果たせていないことに対してだったことが分かり、諦めずに頑張《がんば》るといった前向きな言葉を引き出せたのだが……。

リリアーナには、何やらマリアンヌは他にも色々と心に抱《かか》えているように感じた。

立場的に簡単には話せないことも多いだろう彼女に、ほんの少しでも楽しい思い出を待って帰国してほしいと、多少（?）強引《ごういん》に話を進めた自覚はある。

ケヴィン含《ふく》む護衛騎士達や忙しい中準備を手伝ってくれたモリー含む侍女達には申し訳なかったが、マリアンヌの楽しそうな顔を前に思い切って誘《さそ》い出してよかったと、心からそう思った。


『子ども達の家』は貧民街《ひんみんがい》で育った子ども達に読み書き・計算を教えるために作られた教室である。

噴水広場の一番奥にあり、清潔感のある白い外観に大きなガラス扉《とびら》の入り口が特徴《とくちょう》の建物だ。

扉を開けて一歩足を踏《ふ》み入れるとそこは土間になっており、左側には手洗い場が、右側には個室のトイレと掃除《そうじ》用具入れがある。

土間で靴《くつ》を脱《ぬ》ぎ、一段高くなったフローリングの部屋で子ども達は勉強を頑張っているのだ。

カラカラと音を立てて引き戸を開ければ子ども達が振り返り、眩《まぶ》しい笑顔《えがお》で迎え入れてくれる。

「リリ様だぁ～」

「リリ様～」

すくっと立ち上がり、パタパタと足音を立ててリリアーナの元へ走り寄ってくる子ども達。

「皆元気そうね？」

「「「うん！」」」

リリアーナはギュッと抱《だ》きついてきた一番小さな子どもの頭を優《やさ》しく撫《な》でる。

「あのね、ノアね、大きい兄ちゃ達、いないの寂しい……」

どうやらノアという名前らしい子どもはポツリと言って指をくわえると、シュンと俯《うつむ》いてしまった。

「大きい兄ちゃとは、ルークのことかしら？」

リリアーナがノアの目線に合わせるようにしゃがんで聞くと、小さく頷《うなず》いた。

ルークは少しばかり思い込みは激しいがとてもしっかりした面倒見《めんどうみ》のいい子どもで、少し前まで『子《こ》ども達《こ》の家』の子ども達のまとめ役をしてくれていた子である。

読み書き・計算やある程度のマナーを覚え、現在ルークを含めた四人がリリアーナの実家であるヴィリアーズ家の領内で、薬草栽培《さいばい》の仕事を覚えるために住み込みで頑張って働いているのだ。

「ルーク達は今、一生懸命《いっしょうけんめい》慣れないお仕事を覚えるために頑張っていますわ。あなた達もここで頑張って勉強すれば、ルーク達のいるところでお仕事を学べるようになりますから、その時に会えますわね」

「ほんと？　大きい兄ちゃ、会える？」

「ええ。今すぐに会うことは出来ませんけれど、また会えますわ」

また会えるという言葉に安心したのか、クシャッとした笑顔を見せるノアがあまりにも可愛らしく、リリアーナは更に頭を撫で撫でする。

その様子をリリアーナの斜《なな》め後ろから微笑ましく見ていたマリアンヌの視線と、現在進行形で撫でられているノアの視線が重なった。

「綺麗《きれい》なお姉ちゃ、だぁれ？」

コテッと首を傾《かし》げる様子も可愛らしく、マリアンヌはたまらず目尻《めじり》を下げる。

「わたくしはリリ様のお友達のマリアンヌですわ。マリーでもアンヌでも、好きに呼んで頂いて構いませんわ」

「アリー？　アンニュ？」

その舌足らずな言い方が可愛すぎてリリアーナとマリアンヌの二人が悶《もだ》えていると、

「じゃあ、アンヌ様で」

いつの間にか十歳くらいの少女がニコニコとノアの後ろに立っていた。

「ええ、よろしくね。あなたは……」

「私はセレナ。ルーク達の代わりに、今は私とダイが一番のお兄ちゃんとお姉ちゃんになって、小さい子の面倒を見てるんだ」

セレナは少し照れたように、えへへとはにかんだ笑顔を見せる。

大きい子どもが小さい子どもの面倒を見る。誰に言われるまでもなく自然とそんな流れが出来上がっていることに、マリアンヌはただただ感心する他なかった。

それと同時に隣国《りんごく》でありながら、同じ人間でありながら、なぜこんなにも二つの国は違うのだろうかと不思議に思う。

ベルーノ王国では、ザヴァンニ王国の子《こ》ども達でさえ出来ることをしようという貴族がいない。そしてそれを恥《こ》ずかしく思う者も……。

あの国ではそれが普通《ふつう》だった。

とはいえ、自身《マリアンヌ》が生まれ育った国である。その全てを否定したくはないし、ベルーノ王国にも胸を張って誇《ほこ》れるものはある。愛情も決してないわけではない。

自国に籠《こも》っていては見えないことも、ザヴァンニ王国《このくに》は様々な面で気付かせてくれる。

いや、今後はザヴァンニ王国だけでなく他国と交流を持つことによって多様な考え方があることを学び、客観的に自国を見る目を養う必要がある。

これからを担《にな》う若者達には、広い世界に目を向けてもらわなければ。

マリアンヌの中で一瞬《いっしゅん》チラリと脳裏《のうり》を掠《かす》める者がいたが、それには気付かぬ振りをした。

そして今後のベルーノ王国に必要なことが少しずつ、頭の中に組み立てられていく。

自分にどこまでのことが出来るのかは分からないが、もし自分の代で花を咲《さ》かせられなかったとしても、種を蒔《ま》くことは出来るはずだ。

小さな一歩でも歩み続ければ大きな一歩になる。マリアンヌはザヴァンニ王国で養った英気を帰国後に存分に活用しようと、一人静かに頷いた。

「皆にお土産を買ってきましたのよ？」

リリアーナの言葉に、子ども達が嬉しそうにあちらこちらで飛《と》び跳《は》ねる。

その元気で可愛らしい様子に、子ども達に読み書きやマナーなどを教えている先生方も怒《おこ》るに怒れず、苦笑《くしょう》を浮かべて見ていた。

「こちらは私が選んだもの、こちらはアンヌ様が選んだもの。皆で仲良く分けて食べてくださいませね」

「「「は～い」」」

「いいお返事ですわ」

リリアーナとマリアンヌがセレナに瓶を渡すと、セレナと同じ歳《とし》くらいの男の子が皆に分けるために用意したのだろう紙を持ってやってきた。

この男の子が先ほどセレナが言っていた、ルークに代わる男の子『ダイ』らしい。

ダイが持ってきた紙の上にセレナが飴とドライフルーツを順番に乗せていき、それをダイが自分よりも小さな子ども達に順番に「ちゃんと座って食べるんだぞ」と渡していく。

「うん！」

受け取った子ども達はリリアーナ達が来る前に座っていたであろう席へ戻《もど》り、ガサガサと紙から取り出すと嬉しそうに口へ運んでいく。

「喜んでもらえてよかったですわ」

「ええ、本当に」

こうして見ると、普通の家庭で育った子ども達と何も変わらないように見える。

きっと言われなければこの子ども達が貧民街で育ち、少し前まで盗《ぬす》みを働いて生きていたなどとは誰も思わないだろう。

持って生まれたものもあるのだろうが、環境《かんきょう》がそうさせてしまうこともある。

綺麗事《きれいごと》を言ったところでお腹は膨《ふく》れないし、生きてはいけないのだから。

ここの子ども達を見ていると、それが分かる。

子ども達を温かい目で見守るリリアーナをぼんやりと見つめながら、マリアンヌは思う。

男尊女卑《だんそんじょひ》の強いベルーノ王国では、女である自分が口を出せば『出しゃばって男の前に出ようとする』と言われることも少なくなかったが、自分のやってきたことなど、まだまだではないか。

屋台での食事の時もそうだが、リリアーナは真っすぐさと柔軟《じゅうなん》さを併《あわ》せ持《も》ち、誰もが考えもしなかったことを次々と生み出していく。

一人悩んでいたことがバカバカしくなるほど、複雑に絡《から》まっていた糸をスルリと簡単に解くように、あっさりと解決への糸口を見つけてしまうのだ。

「もうなくなっちゃった」

悲しそうな声の主の方へと振り返れば、空になった紙を切なげに見つめる少女に、

「俺はもういいから、後はサディが食べな」

ダイがそう言って自分のドライフルーツを渡しているところだった。

「いいの？　兄ちゃん、ありがとう」

嬉しそうに満面の笑みを浮かべるサディと呼ばれた少女はどことなくダイに似ており、血の繋がった兄妹と思われる。

元々皆で分けたために少量しかなかったものを、当たり前のように差し出せるその姿に、優しさに、マリアンヌは頭をガツンと殴《なぐ》られたように衝撃《しょうげき》を受けた。

そういえば、わたくしが最後に弟《セドリック》に優しい言葉を掛けたのはいつだったかしら？

……もう思い出せないほど昔のことだったというのかと、愕然《がくぜん》とした。

今思うと、現国王《セドリック》にはいつも突《つ》き放《はな》すような言い方ばかりをしていたような気がする。

これではセドリックも、素直《すなお》にマリアンヌの意見に耳を傾《かたむ》けたくなどならなかっただろう。

弟ばかりが悪いわけではなく、マリアンヌにも反省すべきところは多々あったのだ。

「アンヌ様？」

難しい顔をしているマリアンヌを、リリアーナが心配そうに覗《のぞ》き込む。

（このように本気で心配して声を掛けられたのは、いつぶりかしら？）

使用人達も心配してはくれるが、やはりそこには身分という越《こ》えられない分厚い壁《かべ》がある。このように近くで寄《よ》り添《そ》うように声を掛けてもらえることが、こんなにも嬉しいことだなんて。

……セドリックは十四歳という若さで、国王という椅子に座る選択肢《せんたくし》しか与《あた》えられなかった。元々気弱な性質《たち》の彼には、その立場は重すぎるものだっただろうに。

あの時マリアンヌは、セドリックに何と声を掛けたのだったか？

寄り添うような言葉ではなく、

『あなたはこの国の王となるのだから、これからは地に足をつけてしっかりと立つように』

と、突き放すような言葉ではなかったか。

それを言われたセドリックは、どう思っただろう？

あの頃《ころ》はセドリックだけでなく、マリアンヌも子どもだったのだと今なら理解出来る。

もっと違う言葉を掛けることが出来たはずなのに。

この世にたった一人の血の繋《つな》がった弟に寄り添えたのに。

初めに信頼《しんらい》という糸を切ってしまったのは、マリアンヌの方だったのかもしれない。

まだ、紡《つむ》ぐことは出来るだろうか？

目の前のダイ達のように、互《たが》いを思いやれるような姉弟《してい》になれるだろうか？

——いや、もしリリアーナなら。きっと出来るかどうかではなく、やるかやらないかだと言うに違いない。

(ならばわたくしは、やってみせましょう。どんなに時間が掛かろうとも)

マリアンヌはそう、心に強く決意した。

マリアンヌにとってリリアーナは、一人では気付けぬことを気付かせてくれる、本当に得がたい友人である。

「何でもありませんわ」

リリアーナに心配を掛けぬよう、マリアンヌは精《せい》いっぱいの笑みを浮かべてそう答えた。

「せっかくですから、私も少しばかり皆に教えていこうかしら？」

リリアーナの思い付きの言葉に、

「リリ様が教えてくれるの？」

子ども達は瞳を輝かせている。

「ええ、読み書きでも計算でも、どちらもお教え出来ますわよ？」

エヘンといった風にささやかな胸を張るリリアーナに、先生役を務めているカミラが楽しそうに話し掛けてきた。

「ではリリ様はセレナとダイの二人に教えてやって頂けますか？　二人は大きいお兄さんとお姉さんだけあって、少し進みが早いんですよ」

「ええ、構いませんわ。ではダイ、セレナ、今どの辺りまで進んでおりますの？」

セレナとダイのいる方へ振り返り、二人の進み具合を確認《かくにん》する。

セレナは先ほどまでやっていたのだろういくつもの計算問題が書かれた紙を、ズイッとリリアーナの前に向かって出してきた。

「えっとね～、計算はここまで出来るようになったよ！」

「まあ、思ったよりも進んでおりますわね。とても優秀《ゆうしゅう》ですわ。ダイはどれくらいまで進んでおりますの？」

「えっと、俺もセレナと同じくらいかな」

少しばかり照れたように視線をあらぬ方へ向け、頰を掻《か》きながらそう言った。

「では少しばかり進んだ計算をやってみましょうか」

「う～ん、それ先生にも言われたんだけどさ、足し算と掛け算が出来れば将来の仕事に不足はないんだろ？　なら、読み書きをもっと勉強した方がいいのかなって……」

そう言ってダイは申し訳なさそうな、何とも言えない顔をした。

「確かにそういった考えもありますわね。ですが何事も知っていて損はありませんわ。いざという時に知らなければ使えませんもの。その時に後悔《こうかい》しても遅《おそ》いんですのよ？　チャンスの神様というのは前髪《まえがみ》しか生えていなくて、後ろの髪《かみ》はツルッツルですの。ですから来たと思った時に毟《むし》り取る勢いで掴《つか》みませんと、逃《に》げられてしまうのですわ」

「リリ様なら毟っちゃいそう」

「うん、毟るよな」

後ろの子ども達がコソコソと話しているが、生憎《あいにく》と全部リリアーナの耳に聞こえている。

「そう、あなた達はそんなに私に髪を毟ってほしいんですのね？」

目の奥が笑っていない笑顔を向けられ、子ども達が慌《あわ》ててカミラのところまで逃げて背中に隠れた。

リリアーナは隠れる子ども達にビシッと指差して、

「そんなことを言う子には、常に鼻がムズムズしてクシャミが出そうで出ないお祈《いの》りをしてやりますわ！」

と何とも大人げない態度で今日も微妙なお祈りを宣言するのであった。

子ども達に挨拶《あいさつ》をし、馬車で王宮へ戻ったリリアーナとマリアンヌは、異変に気付く。

明らかに出掛ける前と戻ってきた今とでは、王宮内の雰囲気《ふんいき》が違うのだ。

何事かと二人顔を見合わせているところに、慌てた様子の騎士がやってきた。

「……何かありましたの？」

リリアーナは嫌な予感がして身構える。

騎士は一瞬チラリとマリアンヌの方へ視線を向けた後、表情を硬くして驚《おどろ》きの情報を伝えてきた。

「ベルーノ王国にて、市民によるクーデターが勃発《ぼっぱつ》致しました」

「「え⁉」」

その耳を疑う台詞《せりふ》に、思わず上げてしまった声がマリアンヌと被《かぶ》る。

「マリアンヌ王女殿下におかれましては、このまま帰国されることは危険と判断致しますれば、当面の間、王宮内にお留まり頂くよう仰《おお》せつかって……」

「クー、デター……？」

騎士の言葉にふらりとよろめいたマリアンヌの肩を、リリアーナが慌てて支えた。

「アンヌ様、大丈夫ですか？」

「え、ええ。ありがとう、ございます。その、驚いてしまって……」

次第《しだい》に血の気がサアッと引くように、マリアンヌの顔が青白く変わっていく。

リリアーナはグッとお腹に力を入れると、視線を騎士へと向けた。

「クーデターによる被害《ひがい》や状況《じょうきょう》は分かっておりますの？」

「いえ、詳《くわ》しくはまだ分かっておりません。ですが、陛下の命により情報を集めているところであります。急ぎの役目があります故、これにて失礼致します」

リリアーナとマリアンヌは、去っていく騎士の後ろ姿を呆然《ぼうぜん》と見送るしかなかった。

第4章　クーデター勃発

ベルーノ王国でクーデターが勃発《ぼっぱつ》したとの知らせは、ザヴァンニ王国の王宮内に激震《げきしん》をもたらした。

各地で小規模なデモが起こるなど不穏《ふおん》な状況《じょうきょう》であることは把握《はあく》していたが、まさかこんなに早く激化するとは、予想が少しばかり外れる結果となってしまったのだ。

クーデターによってベルーノ王国内が荒《あ》れれば、隣国《りんごく》であるザヴァンニ王国へも数々の影響《えいきょう》が出る可能性があり、国境沿いは治安の悪化が懸念《けねん》されるため、早急《さっきゅう》な防衛の強化が必須《ひっす》となる。日を追うごとに増えるだろう避難《ひなん》民の受け入れ先の準備に、食料や日用品の確保もしなくてはならない。

王家の面々は日々その対応に追われながらも、情報収集に力を入れた。

そして――。

「此度《こたび》のクーデターは、どうやら王都から離《はな》れた小さな集落から始まったようだな」

眉間《みけん》に深く皺《しわ》を刻んだ国王陛下が静かに、だがハッキリと口にした。

シンプルだがとても高価なことが分かるソファーに腰掛《こしか》ける彼の隣《となり》には王太子であるウィリアムが、テーブルを挟《はさ》んだ向かい側には第二王子であるオースティンと第三王子であるホセが腰掛けている。

ここは国王陛下の執務室《しつむ》であり人払《ばら》いがなされ、室内にはこの四人のみだ。

皆《みな》一様に難しい顔をしている。

「小さな集落、ですか？　国内のあちらこちらでデモが起こっていましたが、統括《とうかつ》する者がいない烏合《うごう》の衆だと、国王側は彼らの話に耳を傾《かたむ》けることをしなかったのですよね？」

オースティンの質問に国王陛下が「うむ」と頷《うなず》く。

「どうやらその烏合の衆をまとめるだけの力を持った者が出てきたようだな」

国王陛下に代わり、ウィリアムが説明を始めた。

「その者はどこかからふらりとやってきて、その集落に居ついたらしい。ちょうどその頃《ころ》、集落では幼い子どもや年寄り達が病に倒《たお》れ、次々と命を落としていたそうだ。薬があれば助かる病だったそうだが、増税に次ぐ増税によってろくに食べるものがなく、体力も衰《おとろ》え、薬も買えずに助けることが出来なかったとか」

「酷《ひど》いな……」

ホセがその可愛《かわい》らしい顔を歪《ゆが》めて呟《つぶや》く。

想像以上に酷い状況に、オースティンも言葉が出ずに口をキュッと結んでいた。

「集落で最後の子どもが亡《な》くなった時、その者は子どもの亡骸《なきがら》を胸に抱《だ》き寄せて言ったそうだ。『今こそ立ち上がるべきだ』と。『未来の夢を語ることなく小さな命が消えていく国など、最早《もはや》国とは言えぬ』とも語っていたそうだが、それに関しては私も同意だな」

「そうですね。これからの未来を担《にな》う子ども達を大切に出来ぬ国など、国とは言えませんね」

『微笑《ほほえ》みの王子様』と呼ばれ常に優《やさ》しげな笑《え》みを浮《う》かべているオースティンだが、この時ばかりは眉間にうっすらと皺が寄っていた。

「先代国王のジョルズは、民《たみ》を想《おも》うよい国王だったのだがな……」

今は亡きベルーノの先代国王を思い出しながら、国王陛下が大きな溜息《ためいき》をつく。

「そういえば現国王は『現代のダウズウェルト』と呼ばれているそうですね」

ホセの言葉に国王陛下が頷く。

「ああ。ダウズウェルトは三代前の国王の名で、ベルーノ王国内では今なお『血も涙《なみだ》もない独裁者』として語《かた》り継《つ》がれているそうだ。ダウズウェルトとその側近によって、身内や都合の良い貴族のみ国家の要職に起用を進める一方で、民には困窮《こんきゅう》生活を強要し、厳しい言論統制や監視《かんし》体制を敷《し》いていたらしい。そんな悪政は即位《そくい》九年目にダウズウェルトの死によってようやく終わりを告げたが、彼の死因は未《いま》だに謎《なぞ》とされている。まあそれは置いておいて、現国王はそんなダウズウェルトの再来と言われるほどの悪政を敷いているというわけだ」

「先代国王が病に倒れ、十四歳という若さで即位しなくてはならなかったことには多少は同情しなくもないが、だからといって狡猾な者達《側近》の傀儡《かいらい》と化し悪政を敷くなど、愚《ぐ》の骨頂。民あっての国だというのにその民を蔑《ないがし》ろにし、此度のクーデターは起こるべくして起こったと言えるな」

ウィリアムが嫌悪《けんお》感を隠《かく》すこともせず吐《は》き捨《す》てるようにそう言うと、それに頷きながらオースティンが残念そうに呟いた。

「先々代のベルーノの王弟に嫁《とつ》がれた我が国の王女が今のベルーノ王国を目にしたら……。きっと嘆《なげ》き悲《かな》しむことでしょうね」

当時のザヴァンニ王国第二王女は王弟と共に先々代のベルーノ国王を支え、ダウズウェルトの悪政によって疲弊《ひへい》した国の仕組みを変えていくことに尽力《じんりょく》した。

他国の文化や考え方をうまく取り入れようと、民のために努力を重ねた一生だったと伝えられている。

「嘆き悲しむどころの話じゃない気がするけど」

ボソリと呟いたホセの言葉は誰《だれ》の耳にも届かなかった。

「話は戻《もど》るが、生き残った年寄りと女性以外は皆、その者に賛同して王都に向かったそうだ。この話はその村に残った女性達から聞き出したらしい。そして王都に向かう途中《とちゅう》に寄った村や町も概《おおむ》ね集落と似たような状況で、どんどん仲間が増えていったようだな」

ウィリアムはフゥと小さく息を吐く。

民達が飢《う》えに苦しんでいる時に、大切な者を亡くした悲しみに暮れている時に、王都の貴族達は派手に着飾《きかざ》って、夜会やお茶会を楽しんでいたと聞く。

その身に纏《まと》ったドレス一着分で一体どれほどの薬が買えただろうか。

それによって救えた命がどれだけあっただろうか。

国が豊かな時ならばいいが、塩害で苦しい時に民から搾《しぼ》り取《と》るだけ搾り取っての贅沢《ぜいたく》など、なぜそんな非人道的な行いが出来るのか。

他国のこととはいえ、ウィリアムは怒《いか》りにギュッと拳《こぶし》を握《にぎ》った。

「それにしても……。クーデターの参加者は数万人にのぼるとか。それだけの民をよくまとめ上げることが出来ましたね。その者とは、一体どのような人物なのでしょうか？」

オースティンの疑問はもっともである。

たとえ信頼《しんらい》に足る人物だったとしても、平民がいきなり数万という民をまとめ上げるなど、普通《ふつう》に考えて無茶なように思えるが……。

「歳《とし》の頃は二十代前半、焦《こ》げ茶《ちゃ》色の髪《かみ》と瞳《ひとみ》、日に焼けた肌《はだ》に屈強《くっきょう》な肉体を持つ男だそうだ。それにどうやらその者は貴族の出身であるらしい」

オースティンとホセは驚《おどろ》いたように目を見開いた。

ザヴァンニ王国の鍛《きた》え上げられた騎士《きし》達と違《ちが》い、ベルーノ王国の騎士達は騎士とは名ばかりの者が多いと聞いている。

高位貴族の三男や下位貴族の次男以下の者が継ぐ家もなく仕方なく在籍《ざいせき》する場となっており、毎日の訓練を怠《おこた》っているのだろう貴族特有の線の細い者が多く目につく。

そんなベルーノ王国に、まだそのように気骨のある者が残っていたのか、と。

「急ぎ調べさせているが、まだどの家の者かは分かっていない。その者以外にも数人の貴族がクーデターに参加しているそうだ」

「……よく民達が受け入れましたね。彼らにとって貴族は等しく憎《にく》しみの対象となっていてもおかしくないほどに虐《しいた》げられてきたでしょうに」

「ああ。一度は揉《も》めたらしいが、その者が間を取り持つ形で仲間としてではなく『協力者』として参加しているそうだ。参加した貴族は皆、領民と良好な関係を築いているまともな貴族らしい。領主であれば数千から数万の民を管理しているからな。指示出しには慣れているだろう」

オースティンとホセは納得《なっとく》したとばかりに頷いた。

「何にしても、大変なことになったな……。このまま長引けば、我が国への影響も多大なものとなるだろう」

国王陛下が深刻な顔でそう言えば、ホセがボソリと言う。

「国に多大な影響が出れば僕ら王族は多忙《たぼう》になるし、ウィル兄は結婚式《けっこんしき》どころじゃなくなるんじゃ……」

その台詞《せりふ》にウィリアムはガバッと立ち上がる。

「な、何だと⁉　そんなことは絶対にさせてなるものかっ！　父上、この件は私に対応を任せてください‼」

散々我慢《がまん》に我慢を重ね、ようやくあと数カ月でリリアーナと結婚式を挙げることが出来ると思っていたのに、これ以上延ばされるなど冗談《じょうだん》ではない！

予定通り結婚式を挙げるために、ウィリアムはかつてないほどに闘志《とうし》をメラメラと燃やしていた。

「あ、ああ。ではウィルに任せるとしよう……。オースティンとホセはウィルの補佐へ回るように」

国王陛下だけでなくオースティンもホセもそんなウィリアムを目にして若干《じゃっかん》引いているが、当の本人は全く気にすることなく国王陛下の了承《りょうしょう》の言葉に大きく頷くと、勢いよく部屋から飛び出した。

早急な解決・対応に向けて脳内であれこれと考えを巡《めぐ》らせていれば、学園から戻ってきたばかりだろうリリアーナの姿を前方に発見する。

「あ、ウィル……」

リリアーナもウィリアムに気付いたようで、嬉《うれ》しそうに笑みを向けながらこちらにやってくる。

——嗚呼《ああ》、リリアーナが素晴《すば》らしく可愛すぎるっ！

ウィリアムは目の前にやってきたリリアーナの肩《かた》をガシッと掴《つか》むと、

「リリー、結婚式は必ず予定通りに挙げる！　だから私を信じて待っていてくれ!!」

と一方的に宣言し、出来ればこのままギュッと抱き締《し》めたい衝動《しょうどう》をグッと抑《おさ》え込んで、急ぎ執務室へと向かった。

「何だ？　いきなり」

「さあ？」

リリアーナの後ろにいたケヴィンとモリーは、ウィリアムの後ろ姿を見ながら首を傾《かし》げる。

「よくは分かりませんが、ウィルが信じて待てと仰《おっしゃ》るならば、私はそうするだけですわ」

リリアーナは小さくなっていくウィリアムの後ろ姿に、ふわりと優しい笑みを浮かべた。

国王陛下生誕祭が終わり、皆が領地に帰るのと入れ違うようにして、ベルーノ王国でクーデターが起こったとの情報が入った。

これが社交シーズン中であったならば瞬《またた》く間《ま》にその噂《うわさ》も広まったのであろうが、ほとんどの者はその情報を耳に入れる前に領地へ戻ってしまったため、今一番情報が早いのは王都に残る貴族と学生達である。

ザヴァンニ王国全土にその情報が届くまでには、更《さら》に数日の時間を要することだろう。

学園内は当然のように、ベルーノ王国のクーデターの話題で持ち切りであった。

自国の争いではないとはいえ、隣国のこと故《ゆえ》に何かしら巻き込まれてしまうのは避《さ》けられない。

実家の領土がベルーノ王国に近ければ近い者ほど、情報を収集しようと躍起《やっき》になっていた。

そんな中でひそひそと噂されていたのが、四カ月後に控《ひか》えたこの国の王太子殿下《でんか》ウィリアムとリリアーナの挙式である。

それは『こんな時に結婚式を挙げている場合ではないのでは？』というものだった。

「全く、感じ悪いったら！」

学園の特別室で、エリザベスは胸の前で腕《うで》を組んで頬《ほお》を膨《ふく》らませながら、怒りに顔を赤くして吐き捨てるように言った。

「本当に、感じが悪いですわね。噂されている時のお顔を、あの方達の婚約者様《こんやくしゃ》に見せて差し上げたいくらいに、うふふ」

いつもであればエリザベスの言い方に苦言を呈《てい》するクロエであるが、今回ばかりはそれもなく、何やら黒さがにじみ出ている。

「他国とはいえ、お隣の国のことで皆不安なのでしょうが、それにしても……」

以前であれば率先《そっせん》してそういった噂を面白《おもしろ》おかしく話す側だったイザベラは、複雑そうな表情を浮かべて言葉を濁《にご》した。

色々なことに気付くようになったイザベラは、以前の自分を思い出して反省することがよくある。

ここ最近はそんな彼女を温かい目で見守るのがリリアーナ達の日常と化していた。

「皆が不安に思う気持ちも理解出来ますわ。クーデターを起こしたとされる人物がどのような考えを持ち、今後我が国とどのような関係を求めてくるのかによって、国としての対応も変わってきますもの。なるべく多くの情報を領地へ送らねばならないストレスもあるのでしょう。……とはいえ、ああいった噂話《うわさばなし》をされるのは少しばかり面白くありませんから、お礼に、外出すると必ず雨が降るお祈《いの》りをして差し上げますわ」

リリアーナは地味に嫌《いや》なお祈りを口にしながら、先日のウィリアムによる『結婚式は予定通りに行う』という宣言は、これを予期してのものだったのではないかと思った。

あの日に『信じて待っていてほしい』という言葉を伝えてくれたお陰《かげ》もあり、噂話を耳にしても多少不快な思いをするだけで、不安を抱《かか》えずに済んでいるのだ。

リリアーナがウィリアムがきちんと言葉にして伝えてくれたことに心から感謝する一方で、珍《めずら》しく苛立《いらだ》ちを隠せないでいるのはクロエである。

「あまり大きな声では言えませんが、今の国王になってからのベルーノ王国は評判がとっても、よろしくないですわね」

ただでさえ忙《いそが》しいダニエルが今回のクーデターによって更に忙しくなり、なかなか会えないことを嘆いていたクロエの私情がその言葉にたっぷりと込《こ》められていた。

「そういえば前に出入りの商人が、ベルーノ王国の貴族って自分中心の考え方の人が多くて大変だって嘆いていたわ。リリはベルーノの王女様と仲がいいんでしょ？　どうなの？王女様はまだ自国に戻らないで王宮にいるんだよね？」

「ええ、今のところマリアンヌ様の安全が保証されておりませんから、当分は王宮に留まることになりましたわ。……他の方は存じ上げませんが、マリアンヌ様は国民のためなら自らを犠牲《ぎせい》にすることも厭《いと》わない、真面目な方ですわね」

「ふ〜ん。それなら王女様が女王になればよかったのにね」

「エリー様、あの国は男尊女卑《だんそんじょひ》が我が国の比ではありませんから、女性というだけで王位継承権《けいしょう》が得られないそうですよ」

イザベラがそう言うと、エリザベスは途端《とたん》に嫌そうな顔をして、

「何だか女性には生きにくそうな国だね」

と言った。その言葉に三人は無言で頷く。

「クーデターが失敗すれば、国民は今まで通りかそれ以上に酷い状況に追い込まれるでしょうし、成功したとしても反勢力側が目指すべき国の姿が見えていない以上、安心も出来ませんわね。かなりの数の避難民が続々とザヴァンニ王国《こちら》に向かっているそうですし、しばらくは我が国内も荒れるでしょうから、皆様も学園へ通う以外の外出は控えた方がよさそうですわね」

リリアーナの言葉に頷きながら、クロエが訊《たず》ねる。

「リリ様、ウィリアム様とはお会い出来ていらっしゃいますの？」

リリアーナは小さく首を横に振《ふ》った。

「いいえ、ウィルだけでなく国王陛下も他の殿下達も全力で事に当たっておられて、このところずっと夕食はソフィア様と二人だけでいただいておりますわ」

「王妃《おうひ》殿下と二人きりの夕食……。私なら緊張《きんちょう》で味が分からなくなりそうだわ」

苦笑《くしょう》を浮かべるエリザベスにクロエとイザベラが同意とばかりに頷く。

「早くベルーノ王国が落ち着きを取り戻してくだされぱいいのですが」

片頰《かたほお》に手を当ててホゥと息を吐くクロエに、エリザベスはニヤリという表現がピッタリな笑みを浮かべてどこか楽しそうに、

「クーはベルーノ王国っていうよりも、彼の仕事が落ち着いてほしいんでしょう？」

と言った。

「エ、エリー様!?」

ゴリゴリの筋肉が大好きで、ダニエル（の筋肉）に一目惚《ひとめぼ》れ状態だったクロエがあざとさ全開で口説き落とし、二カ月ほど前にプロポーズされてから彼に会えたのは片手で数えられるほど。

もっと一緒《いっしょ》にいたいとは思っていても、彼が忙しいのは理解《わかっ》ているし、会う度《たび》に申し訳なさそうな顔をする彼にそんなわがままは言えないというクロエの健気《けなげ》な想いを、リリアーナ達は全力で応援《おうえん》しつつ。

ついついその可愛らしい反応にいじわるしてしまうのだ。

「そういえば、クー様のご婚約者様はウィリアム殿下の側近の方ですよね？　政略ではなく恋愛《れんあい》とお聞きしましたが、どうやって出会われましたの？」

イザベラの周囲の者は皆、未だ婚約者のいない彼女に気遣《きづか》って恋愛話をする者がいない。だがイザベラも、恋《こい》バナをしたいお年頃《としごろ》なのだ。

その点リリアーナ達は変な気の使い方はせずに聞けば普通に答えてくれるため、本来とても好奇心旺盛《こうきしんおうせい》なイザベラは、いつの間にかリリアーナ達の前では遠慮《えんりょ》せず色々と聞けるようになっていた。

恥《は》ずかしがっているクロエの代わりに、エリザベスがニヤニヤしながら話しだす。

「クーはね、筋肉が大好きなの」

「え？　筋肉、ですか？」

「そう、筋肉」

不思議そうな顔のイザベラにリリアーナも説明に加わる。

「それもただの筋肉ではなく、ゴリッゴリの筋肉ですわ」

「ゴリッゴリ……」

あまり耳にしないキーワードに、思わず復唱するイザベラ。

「なかなかクーのお眼鏡に適《かな》う筋肉さんがいなくて嘆いてたら、リリがダニエル様のことを教えてくれたのよね」

エリザベスがチラリとクロエに視線を向けると、いつものように頬に手を当てて恥ずかしそうに体をクネクネ揺《ゆ》らしている。

「それで近衛《このえ》騎士団の訓練開放日に一人で見に行ったりして」

「ええ？　クー様が、お一人で、ですか？」

「そうそう。こんな儚《はかな》げな見かけだけど、クーは誰よりも積極的だし行動的なんだから。ね？」

　エリーの言葉に困ったようにクロエが微笑む。

「ダニマッチョに会う前には、学園内の筋肉チェックもしておりましたわね。クーのお眼鏡に適う方はおられなかったようですが」

「ダニマッチョ？」

「クーのゴリッゴリ筋肉の婚約者のことですわ」

　リリアーナの言葉だけではきっと分からなかっただろうイザベラのために、エリザベスが補足を入れる。

「クーの婚約者の名前がダニエル様で、ゴリッゴリの筋肉マッチョだからダニマッチョって、リリが勝手にあだ名をつけて広めようとしてるのよ。……あまり広まってないけどね」

「そうなのですね。では訓練開放日に声を掛《か》けられてお付き合いが始まりましたの？」

　貴族は爵位《しゃくい》が高くなるほど政略結婚が多く、恋愛結婚はまだまだ少ない。

　貴族とはそういうものだと分かってはいても、やはり年頃の乙女《おとめ》はそういった恋愛に憧《あこが》れるものなのだ。

「いいえ。クーは訓練日に何度か通ったそうですが、なかなか近付くチャンスもなかったようなので紹介《しょうかい》することになりましたの。……ですが、あれは紹介のうちに入るのかしら？　名前の紹介は致《いた》しましたが、そこからはクーの努力ですわね」

リリアーナの言葉にエリザベスがツッコミを入れる。

「努力っていうか、どっちかっていうと狩《か》りじゃない？」

「狩り？」

紹介の話からなぜ『狩り』というキーワードが出てくるのか。イザベラは首を傾げる。

「そう、あの手この手で筋肉様の心を鷲摑《わしづか》みにしたの」

「心を鷲摑み……」

何やら危険なキーワードが増えてきたと、イザベラは少しだけ話の方向を修正しようとしたのだが……。

「ええと、私は筋肉のことはよく分かりませんが、クー様はどんな筋肉に惹《ひ》かれたのですか？」

「まぁ、ベラ様も筋肉に興味がございますの⁉」

それまで大人しく頬に手を当ててクネクネしていたはずのクロエの瞳が、ギラギラしているように見える。

もしかして自分は間違《まちが》った方向に話を修正してしまったのではないかと、イザベラはリリアーナとエリザベスに縋《すが》るような目を向けるも、二人は気の毒そうに眉尻《まゆじり》を下げて静かに首を横に振った。

その後イザベラは、クロエが満足するまで筋肉談義を延々と聞かされるのであった――。


奥庭《おくにわ》にある四阿《あずまや》で、ウィリアムとリリアーナは久しぶりのティータイムを楽しんでいた。

「忙しかったとはいえ、ずっと会いに行けずすまなかった」

申し訳なさそうに謝罪の言葉を述べるウィリアムに、リリアーナは慌《あわ》てて否定の言葉を口にする。

「いいえ、ウィルがとても忙しくされていることは分かっておりますから、謝罪などしないでくださいませ。それよりも、そんな忙しい中でこうして時間を作って頂いて、久しぶりにお会い出来ることがとても嬉しいですわ。ウィル、ありがとうございます」

ふわりと優しい笑みを浮かべるリリアーナに、ウィリアムも自然と口角が上がった。

多忙なウィリアムとその部下達の健康面を考慮《こうりょ》して、ほぼ毎日のように栄養価の高い差し入れをケヴィンに持たせているのが功を奏したのか、顔には若干の疲《つか》れが見えはするものの概ね元気そうではある。

リリアーナは小さく安堵《あんど》の息を吐いた。

「そうだ、先日リリーにつけたティアとアンリはうまくやっているか？」

ウィリアムは話しながらモリーの後ろでニコニコと笑顔《えがお》を見せる侍女《じじょ》二人に視線を向けた。彼女達は先日リリアーナに新たにつけられた護衛兼《けん》侍女である。

アンリは少しばかり背が高い大人な雰囲気《ふんいき》の女性で、ティアは明るく元気な女性という印象だ。

元々騎士団に所属していた彼女達であったが、ベルーノ王国のクーデターの影響による国内の治安悪化を懸念し、ケヴィン以外にも同性の護衛がいた方が良いだろうと、リリアーナの護衛に加わったのだ。

メイド服を着用しているのは、表向き侍女とした方が都合がいいこともあるだろうというウィリアムの考えによるものらしい。

「ええ。王宮内ではモリーの指示に従って動いてくれていますし、出掛《でか》ける際にはケヴィンだけでなくティアかアンリのどちらかが必ずついてきてくれますので、とても心強いですわ」

「そうか、それはよかった。出来ればリリーが出掛ける時には私が同行したいところだが、今は難しくてな。その代わりにティアとアンリをつけたが、二人とも女性とはいえ騎士団でみっちりしごかれた騎士だ。ケヴィンほどではないがそれなりの実力もある。ケヴィンの腕は信用しているが、異性故にどうしても同行できない場所はある。そういった場所には必ずティアかアンリを同行させるようにしてくれ。特に王宮の外では絶対に一人の時間を作らないように！」

「承知しました。……あの、ウィル？　クーデターの影響で王都内の治安が少しばかり悪くなってきていると聞《き》き及《およ》んでおりますが、『子ども達の家』はどうなるのでしょうか？」

困ったように眉《まゆ》をハの字にしながら、リリアーナが不安を口にする。

近隣《きんりん》諸国でこういった問題が起きた場合、避難民に紛《まぎ》れて盗賊《とうぞく》などの良くない輩《やから》が国へ入り込むのはよくあることだ。

向かい側に腰掛けていたウィリアムはスクッと立ち上がると、ゆっくりとリリアーナの元へやってきて隣に腰《こし》を下ろした。

「噴水《ふんすい》広場の周辺は人が多く集まるからな。そういった場所には必然的に悪い輩も集まってくる。いつも以上に騎士団を巡回《じゅんかい》させるのと、『子ども達の家』には常に騎士を配置することにしたから安心してほしい」

「まあ、ありがとうございます」

「ただ、王都内の治安悪化は民達の不安を煽《あお》ることになる。それは私達にとっても良いこととは言えない」

「私達？」

「ん？　いや、まあ、何だ？　私達の結婚式には民達にも心から祝福してもらいたいからな」

照れたように明後日《あさって》の方向に視線を向けるウィリアムに、リリアーナの胸の中がじわじわと温かくなっていく。

先日リリアーナに『結婚式は予定通り行う』と宣言したウィリアムは、その言葉通りに全力で頑張《がんば》ってくれているのだと、嬉しくなる。

要はクーデターによって受けた影響を統制することで、ザヴァンニ王国内の平穏《へいおん》を保ち、「こんな状況で結婚式を行うなんて」という声が上がらないようにしてくれているのだ。

「結婚式は予定通り行えれば何よりですが、ザヴァンニ王国の民だけでなくベルーノ王国から逃《のが》れてきた避難民のためにも奔走《ほんそう》するウィルはとても素晴らしいですわ。……結果がどうであれ、私はウィルを尊敬致しますし、そんなウィルを一番近くで支えていきたいと、心からそう思います」

話しながら段々恥ずかしくなってきたのか、頬をうっすらと朱《しゅ》に染めるリリアーナに、ウィリアムは蕩《とろ》けるような笑みを浮かべると、ゆっくりとリリアーナを抱き寄せ……られなかった。

「お待たせ致しました。ウィリアム殿下とリリ様。……もしかしてお邪魔《じゃま》してしまいました？」

　マリアンヌが現れ、ウィリアムとリリアーナはパッと離れる。実は彼女も呼んでおり、三人で話をする予定だったのだ。

　とはいえ、まさかこのタイミングで現れるとは……。

　少し離れた場所にいるケヴィンやモリー達はあまりのタイミングの良さ（悪さ？）に、必死に笑いをこらえていた。

「いいえ、そんなことありませんわ。アンヌ様もお掛けになって」

　何とか表情を取り繕《つくろ》うリリアーナの隣には不機嫌《ふきげん》顔のウィリアム。

　マリアンヌは少しばかり迷ったようだが、

「ええ、失礼します」

　そう言ってリリアーナ達の向かい側の席に腰掛けた。

「モリー」

　呼ばれるまでもなく、いつの間にかマリアンヌの分のハーブティーを淹《い》れているモリー。

　マリアンヌの前に音もなく差し出すと、ススス……と元の位置に戻っていった。

　それを確認《かくにん》してリリアーナがマリアンヌに声を掛けようと口を開きかけた時、

「ベルーノ王国のクーデターの件だが、現段階で分かっている情報をマリアンヌ王女にも共有しておこうと思うのだが」

ウィリアムがリリアーナより少しだけ早くマリアンヌに声を掛けた。本日の主題はそれである。

マリアンヌは浮かべていた微笑みをスッと消し去ると真剣《しんけん》な顔で、

「お願いします」

とウィリアムを凝視《ぎょうし》し、ウィリアムは小さく一つ頷いて淡々《たんたん》と話しだした。

まず、クーデターは王都から離れた小さな集落から始まったということ。

民をまとめているのはどこかからフラリと現れた青年であること。

現国王側は各地で起こるデモに耳を傾けることをせずに放置していたが、青年達が集落から王都に向かうまでの間に寄った村や町でデモ集団を引き込み、仲間をどんどん増やしていったこと。

民達が飢えに苦しんでいる時に、大切な者を亡くした悲しみに暮れている時に、王都の貴族達は派手に着飾って、夜会やお茶会を楽しんでいたこと。

クーデターには数人の貴族が『協力者』として参加していること。

そこまで話すと、ウィリアムは少しだけ温《ぬる》くなったハーブティーに口をつけ、そして再度話しだした。

「反勢力のトップが貴族出身ということは調査によって分かっていたが、どこの家の出身かまでは摑めていなかった。だが先日、ようやくそれが判明した」

「誰ですか？　それは」

前のめりで聞いてくるマリアンヌに、ウィリアムが答える。

「ランスロット・バリモア。バリモア侯爵《こうしゃく》の三男だそうだ。調査によるとなかなか優秀《ゆうしゅう》な人物ではあるが、何やら訳ありのようだ。数年前に失踪《しっそう》して……」

その途端、ガタリと音がする。

見ればマリアンヌが椅子《いす》を鳴らした音のようだった。

「アンヌ様？　顔色が悪いですわ」

ウィリアムの話を聞きながら段々と顔色が青白くなっていくマリアンヌに気付いたのはリリアーナだった。

よく見れば手も小刻みに震《ふる》えている。

「確かに先ほどと違って血色が悪くなっているようだ。大丈夫《だいじょうぶ》か？」

マリアンヌはリリアーナ達の声が聞こえていないのか、呆然《ぼうぜん》とした表情で呟いた。

「なぜ彼が、どうして……」

「知っているのか？　ランスロット・バリモアを」

「彼は……わたくしの幼なじみですわ」

マリアンヌはそう答えると、膝《ひざ》に乗せられた自身のギュッと握られた手を見つめたまま、黙《だま》ってしまった。

反勢力トップだというランスロットの情報を聞き出したいであろうウィリアムと、己《おのれ》の幼なじみがクーデターを起こしたという事実にショックを受けているマリアンヌの姿に、リリアーナはグッと息を呑《の》み込むとウィリアムに視線を向けた。

「ウィル、ここは私に任せてアンヌ様と二人にして頂けませんか？」

「だが、しかし……」

「お願い！　ウィル」

縋るような目で見られ、ウィリアムは仕方なく頷いた。

「分かった。何かあればすぐに呼んでくれ」

「ええ。ありがとうございます」

ウィリアムは何度もリリアーナを振り返りながら、執務室へ戻っていった。

リリアーナはそんなウィリアムをしばらく見つめていたが、ふぅと小さく息を吐くとモリーを呼んだ。

「モリー、ハーブティーをお願い。ラベンダーかカモミールがいいわ。それとフルーツティーもよ！」

モリーは「畏《かしこ》まりました」と綺麗《きれい》な所作で頭を下げて準備に向かう。

ラベンダーもカモミールもリラックス効果のあるお茶であり、フルーツティーは最近のリリアーナのお気に入りである。

「アンヌ様、小腹が空《す》きませんこと？」

突然眩《とつぜんまぶ》しい笑顔で言われたマリアンヌは困惑《こんわく》しつつも、

「いいえ」

と力なく言葉を発するが、リリアーナは聞こえなかった振りをした。

「空きましたでしょう？　こちらは新作のチーズケーキですのよ？　アンヌ様もぜひお召《め》し上がりくださいませね」

満面の笑みを浮かべてそう言われてしまえば、もう一度断りの言葉を告げるのは難しいだろう。

リリアーナが皿に盛られた新作のチーズケーキをマリアンヌの目の前にコトリと置くと、マリアンヌは小さく息を吐き出して、諦《あきら》めたようにフォークに手を伸《の》ばす。

勧《すす》められるままに二口三口と口にすれば、濃厚《のうこう》なチーズのコクにレモン果汁《かじゅう》が爽《さわ》やかでどこかホッとするような懐《なつ》かしさを覚える味に、マリアンヌは、

「美味《おい》しい……」

と、無意識に言葉にしていた。

いつの間にか戻ってきていたモリーが淹れたハーブティーに口をつけると、マリアンヌの肩の力が抜《ぬ》けてホゥと息が漏《も》れる。

「……落ち着かれました？」

その優しい声を辿《たど》れば、それはやはり優しい笑みを浮かべてこちらを見ているリリ様で。

「無理して話そうとされなくてもいいですから、こうして一緒にお茶とお菓子《かし》を楽しみましょう？」

その言葉にわたくしの瞳にうっすらと涙の膜が張られていくのをこらえようと、慌てて空を見上げた。

無理に聞き出そうとせずこうして静かに寄《よ》り添《そ》ってくれる彼女には、この胸の中に抱えるもの全てを聞いてほしいと思わせる何かがある。

……言ってみてもいいだろうか？　迷惑《めいわく》にはならないだろうか？

わたくしのそんな心の葛藤《かっとう》を全て分かっているとでも言うように、

「アンヌ様が話したいと思うタイミングでいいですよ？　言葉にすることでスッキリすることもありますし、問題点を見つけられることもありますわ。皆下がらせておりますから、普通に話す分には誰かに聞かれることはありません。安心してくださいませね？」

そう言って、今度はクリームと苺《いちご》がたっぷり乗ったケーキの皿をわたくしの前にコトリと置いた。

　――思わずクスリと笑ってしまったのは、不可抗力《ふかこうりょく》ですわ。

　大きく息を吸って、

「聞いて頂けますか？　わたくしの話を」

「喜んで」

　その笑顔に後押《あとお》しされたように、わたくしの重かった口からは不思議なほどにスルリと言葉が出てきた。

「国が、ベルーノ王国がこんな大変な時に、わたくし一人安全な場所で守られていることがとても心苦しくて……。わたくしの身を案じてくださるザヴァンニ王国の皆様《みなさま》には、とても感謝しておりますわ。ですがふとした瞬間《しゅんかん》に、わたくしはこのままザヴァンニ王国に留《とど》まっていていいのだろうか？　と不安に駆《か》られるのです。それに……」

「それに？」

「先ほども申しましたように、反勢力側のトップはわたくしの幼なじみですの」

　リリ様は静かに頷きながら、わたくしの話に耳を傾けている。

　本当に、なぜこんなことになってしまったのか……。

「幼なじみのランスは父が存命であった頃、わたくしも含《ふく》めた三人で、よくベルーノ王国の未来について話したものですわ」

「仲がよろしかったのですね」

「ええ。少なくとも父は彼のことをとても気に入っていたようですわ。彼は侯爵家の三男でしたから、継ぐ爵位もなく気楽なものだとよく笑っておりましたわね。一度などは酔《よ》った父が『爵位を授《さず》けるからアンヌの婿《むこ》にどうだ？』などと彼に話したこともありましたのよ？　といっても、以降は全くその話をされることはありませんでしたけれど。父が儚くなった後、彼はいきなり『広い世界を見て回りたい』とフラッと出ていってしまいましたわ」

「数年前の失踪というのはまさか……」

「ええ。彼は家族との折り合いが悪く、居心地《いごこち》が悪かったこともあったのだと思います。恐《おそ》らく仕事にも就《つ》かず旅に出ていることを恥ずかしいと思ったバリモア侯爵が、失踪したことにされたのでしょうね。旅に出た後は一度だけ短い手紙が届きましたけれど、その後はパッタリ届かなくなり、どこにいるのか、生死すらも分からない状態でした。……まさかこのような形で彼の生存を知ることになるだなんて、本当に、夢にも思いませんでしたわ」

ランスの話をしていると何やら胸の中にもやもやとしたものが蠢《うごめ》いているように感じ、それが何によるものなのかは分からなかったのだが。

「それはまあ、とてもアクティブな方でいらっしゃいましたのね。事前に相談などはありませんでしたの？」

「ええ、全く」

……ああ、そうか。わたくしは彼に怒《おこ》っていたのだわ。

何の相談もなく、いきなり旅立っていった彼を。

そして一通の手紙だけで、その後何の音沙汰《おとさた》もなかった彼を。

自分でも気付かぬ心の深いところでずっと静かに怒り続けていたことを、わたくしはたった今、気付かされたのだ。

そしてそのきっかけを作ってくれたのは、やはりリリ様で。

「少しくらい相談してくれてもよろしいのに。わたくしでは頼《たよ》りにならないと思われていたのでしょうか？　……気の置けない幼なじみだと思っていたのは、わたくしだけだったのかしら」

リリ様は困ったように少しだけ首を傾げるが、一度口に出してしまった思いはもう止めることが出来ず、泉が湧《わ》き出るようにこんこんと口から飛び出していく。

「元気にしているだとか、今どこにいるだとか、少しくらい時間が掛かったとしても手紙を出すことくらいは出来たはずですのに。こちらからは居場所が分からなければ手紙を出すことすら出来ませんもの。どこに送ってほしいだとか、いつまではここにいるだとか仰ってくだされば、こちらから手紙を出すことも出来ましたのに……」

何だかとても悲しい気持ちが膨らんで勢いよく語ってしまったが、リリ様は呆《あき》れ返っていないだろうか？

恐る恐るリリ様へ視線を向ければ、なぜか彼女は嬉しそうにわたくしを見ていた。

「アンヌ様、心とは器《うつわ》の中の水のようなものだと思いませんか？」

「水、ですか？」

「ええ。器に水を注ぎ続ければ溢《あふ》れ出してしまうように、心の中にも色々溜《た》め込んでしまうと、いつかそれが受け止めきれずに溢れてしまうのですわ。仮に溢れ出なかったとして、放置すれば水は腐《くさ》ってしまいます。心も同じで、きちんとケアしてあげなければいけませんのよ？　ここでなら私以外誰も聞いておりませんから、心置きなくいくらでも零《こぼ》しまくってくださいませね」

言われてみれば、確かにそう思わなくもないような……？　それで言うと、先ほどまでのわたくしは、器の中で腐り悪臭《あくしゅう》を放った状態と言えたのではないかしら？

何とも酷い状態である。だが今は、心の中にあったことを吐き出すことが出来たお陰か、わたくしの心は少しだけスッキリしたような気がした。

狭《せま》かった視野が少し広がったような……。

心の内を吐き出すということは、案外大切なことだったのだ。

「アンヌ様から見たランスロット様は、どういった方ですの？」

リリ様の質問に、改めてランスのことを思い浮かべる。

「ランスは一本筋が通ったような性格と申しましょうか……。それでいて少しばかりいじわるなところもあったりしましたわね」

「いじわる、ですか？」

「ええ。頭の回転が速く、当時わたくしが気に入って遊んでいたチェスは何度やっても彼には勝てませんでしたの。そんなわたくしに彼が『どうしてもと言うなら手加減してやってもいいけど？』などと言いますのよ？　もう腹が立って腹が立って……。ですが、常にわたくしの先を走っているような彼に追いつき追い越《お こ》そうと必死になっているわたくしを、叱咤激励《しったげきれい》してくれたのも彼でしたわ」

懐かしさにほんのりと笑みが浮かぶ。

「とても信頼されていたのですね」

「ええ。誰よりも信頼しておりましたの。信頼していた分だけ、ショックも大きかったのですわ。本当に、リリ様にはみっともない姿ばかりお見せしてしまって……」

「あら、それは私とウィルもですわ。前にアンヌ様が我が国へいらした時、散々みっともない姿をお見せしてしまいましたもの。これでおあいこですわね？」

そう言ってリリ様はいたずらが成功した子どものような笑顔を見せた。

わたくしもうふふと笑い、そしてあることを思い出した。

「そういえば、リリ様はポエムがお好きなのですか？」

「はい？　そんなことはございませんが、どうしてそう思われましたの？」

不思議そうな顔をするリリ様に嘘《うそ》はなさそうだ。

であれば、あの名前を忘れてしまった筋肉マッチョの勘違《かんちが》いだったのだろうか。

「私のせいでリリ様とウィリアム殿下が喧嘩《けんか》をなさったことがありましたでしょう？」

「……そんなこともありましたわね」

リリ様は恥ずかしそうに視線をあちらこちらに泳がせている。

「なぜかわたくしの元に殿下とマッチョが相談にいらして、少しだけアドバイスをさせて頂きましたの。その時にマッチョがリリ様のポエムの話をしておられたような……」

その時からずっと、気になっていたのだ。

いつか機会があれば聞いてみたいと思っていたことだった。

「ダニマッチョが？　何かしら？　そのうち聞いてみますわね。私が好きなのは恋愛小説《恋のバイブル》ですから」

名前は出ずとも二人の間ではダニエルのことは『マッチョ』で通用するらしい。自らの知らないところで何ともお気の毒なダニエルである。

うふふと笑うリリ様は恋愛小説を恋のバイブルと言い切られましたけれど、あまりご自分の恋愛に役立ってはいないようですわね。……なんてことは、ご本人には言えませんけれど。

──もしここにリリ様がおられずに、たった一人でランスのことを耳にしていたら。

わたくしはその事実に耐《た》えられただろうか……？

いいえ、耐えられる自信はありませんわね。

本当に、ここにリリアーナがいてくれてよかったと、心からそう思うマリアンヌであった。

幕間 ランスロット・バリモア

「んもう、さっきからランスばかりが勝ってつまらないわっ！」

頬《ほお》をぷくっと膨《ふく》らませてご機嫌斜《きげんなな》めなのは、バリモア侯爵家《こうしゃくけ》三男であるランスロットの幼なじみ、ベルーノ王国の王女マリアンヌである。

十歳になったばかりの彼女は最近チェスを覚えたらしく、ランスロットの姿を見つけては何度も何度も相手をさせるのだ。

「何だ？　手加減してほしいのか？　アンヌがどうしてもと言うなら手加減してやってもいいけど？」

そう言ってニヤリと笑えば、負《ま》けず嫌《ぎら》いなマリアンヌがムキになって「もう一回！」と言うのは分かっている。

……ほ～ら、な。

「ランス、もう一回勝負よ！」

自国の王女様相手にこんな口をきけるのは、きっと俺だけだという自信がある。

少し前までは、こういった場にはマリアンヌの弟であるセドリックも一緒《いっしょ》であったが、何かにつけ優秀《ゆうしゅう》とされるマリアンヌと比較《ひかく》されることを嫌《いや》がり、最近ではマリアンヌと一緒にいる姿を目にすることがほとんどなくなっていた。

正直言って、気弱なくせにプライドだけは人一倍高く優柔不断《ゆうじゅうふだん》なセドリックのことはあまり好きではなかったし、お陰《かげ》でマリアンヌと二人でいられることは俺にとってかなり都合がよかった。

俺にとってマリアンヌは特別な女の子であったから——。

誰《だれ》よりもずっと、側《そば》にいた。

少女から大人の女性へと変わっていく姿を、誰よりも近くで見守ってきた。

完璧《かんぺき》な淑女《しゅくじょ》と呼ばれるようになったマリアンヌに、唯一愚痴《ゆいいつぐち》や悩《なや》みを打ち明けられる存在だと言われた時は顔には出さなかったが、どうしようもなく喜びに胸を震《ふる》わせたものだ。

今は亡《な》き先代国王とマリアンヌの三人で、時折ベルーノ王国の未来を語るのはとても楽しかった。

一度酔《よ》った先代国王からマリアンヌの婿《むこ》にという話が出た時には内心跳《と》び上《あ》がって喜んだものだが、その後はそういった話が出てくることはなく。

酔った席での戯言《たわごと》だったのかと、少しばかり先代国王を恨《うら》みに思ったものだ。

——まさか、あんなに早く病で命を落とすことになるだなんて。

マリアンヌには広い世界をこの目で見るために放浪《ほうろう》の旅に出るなどと言ったが、本当は彼女にザヴァンニ王国との縁談《えんだん》が出てきたことで、他の男のものになるマリアンヌの姿を見たくないと、結局俺はただ逃《に》げたのだ。

まあ、その話は交渉《こうしょう》前に立ち消えになったらしいので結局は俺の早とちりだったのだが、だからといってすぐ戻《もど》るというわけにもいかず。

国を出て二年ほどの時が過ぎ、遠く離《はな》れた異国の地でベルーノ王国の塩害の話を耳にし、俺は一度ひっそりと国に戻ることに決めた。

一番の気掛《きが》かりと言えば、やはりマリアンヌのこと。

これまでに、彼女のことを考えない日はなかった。

だが俺が今更《いまさら》会いに行ったところで、どの面下げてと思われるだけだろう。

いや、それだけでなく大変な時に一人逃げ出した俺を恨んでいるかもしれない。

だから、遠くから一目でもマリアンヌの元気な姿を見たら、異国の地へと戻るつもりだったのだが――。

実際目にしたベルーノ王国の、聞いていた以上の酷《ひど》い荒《あ》れように、俺は驚《おどろ》きを隠《かく》せなかった。そしてこんな状況《じょうきょう》であるのに、国王《セドリック》は何も手を打っていないどころか増税まで強《し》いているらしい。

(アイツは一体何をやっているんだ!)

怒《いか》りに握《にぎ》った拳《こぶし》がぶるぶると震えている。

何とか怒りを抑《おさ》え、一番気になっていたマリアンヌがどうしているのかを訊《たず》ねてみれば、衝撃《しょうげき》の答えが返ってきた。

ザヴァンニ王国の王太子との縁談話が持ち上がるも、正妃《せいひ》の座を得られずに戻ってきた彼女は王宮で冷遇《れいぐう》されているらしい、と。

今や独裁するセドリックが、昔から先代国王に可愛《かわい》がられていたマリアンヌへ、一方的に敵対心を持っているのは知っていた。

だが、まさか血の繋《つな》がった姉に対してここまでするとは——。

ランスロットはギリッと音を立てて奥歯《おくば》を噛《か》み締《し》めた。


「……い、……だぞ。おい！」

体を揺《ゆ》すられて、ランスロットはハッと飛び起きた。

「うおっ！　いきなり飛び起きたらビックリすんでねぇか」

口では文句を言いつつも顔が笑っているので、どうやら怒《おこ》っているわけではなさそうだ。

数万人に膨れ上がった仲間達と野宿を重ねながら王都に向かうのも、もう慣れたもの。

いつの間にか夜の見張りの交代時間を過ぎていたらしい。

「悪い悪い、ちょっと昔の夢を見ていたよ」

「何だ？　女の夢でも見てたのか？」

「ん？　女と言えば女ではあるな。子どもの頃《ころ》の懐《なつ》かしい夢だった。……本当に、懐かしい夢」

懐かしいと言いながらもどこか寂《さび》しそうに見えるランスロットに気を使ったのか、

「じゃあ、オラは寝《ね》るから見張り頼《たの》んだぞ」

男はそう言ってゴロンと草の上に横になった。

「ああ、お休み」

あと二日もすれば王都に着くだろう。

ランスロットは暗闇《くらやみ》の先にあるだろう王都にいるはずのマリアンヌを想《おも》い、大きく息を吐《は》いた。

第5章　束の間の休息

「そうか、ご苦労だったな。下がって少し休んでくれ」

「はっ」

ウィリアムはベルーノ王国での情報収集より戻《もど》った部下の報告を受けると急ぎ議会を招集し、緊急《きんきゅう》会議が行われた。

反勢力側の目的が『ベルーノの王侯《おうこう》貴族による度重《たびかさ》なる搾取《さくしゅ》によって疲弊《ひへい》した市民を助けること』『貴族にも正しく課税すること』であり、ザヴァンニ王国と敵対するつもりのないことが判明したとの説明に、会議に参加していた者達はひとまず戦争は避《さ》けられそうだとホッと胸を撫《な》で下ろす。

「マリアンヌ王女の情報が少なくとも役に立ったな」

誰《だれ》に聞かれることなくウィリアムはポツリと呟《つぶや》いた。

反勢力トップであるランスロット・バリモアの人間像が分かったお陰《かげ》で調査が進み、クーデターの目的を知ることが出来たのだ。

とはいえセドリック国王側は反勢力側との対話を拒絶《きょぜつ》し徹底抗戦《てっていこうせん》の構えを見せており、

毎日王都の至る所で黒煙《こくえん》や炎《ほのお》が上がっているとのこと。

数年前にベルーノ王国が塩害に見舞われた際には、隣国《りんごく》であり、また先々代の王弟に我が国の王女が嫁《とつ》いだ関係もあって、無償《むしょう》で援助《えんじょ》を行ったのだが……。

現国王《セドリック》や側近達はその間に何か対策を練ることもせず、当たり前のようにそれを享受《きょうじゅ》し続けた。

その援助を受けて当然といった態度に、援助期間を延長せず予定通り二年で打ち切ることとなったのだが、彼らは感謝の言葉どころか中には怨嗟《えんさ》の言葉を吐《は》く者もいたらしく、ザヴァンニ王国側にとってベルーノ王国への心証は、現在もあまり良いものとは言えない。

とりあえず反勢力側の目的を知ることが出来たこの段階で、情報収集は一区切りついたと言えるだろう。

――さて、これからどうするべきか。

気性《きしょう》の激しい者の中には反勢力側に協力し、腐《くさ》った王侯貴族を潰《つぶ》してしまえばいいなどと過激な発言をする者もいるが……。

ウィリアムはフゥと息を吐き出すと、椅子《いす》の背もたれに寄《よ》り掛《か》かり何となしに天井《てんじょう》を見上げた。

この国の騎士《きし》達は常に有事に備えて訓練を怠《おこた》ることなく、仮に反勢力側に協力して戦争になったとしても、緩《ゆる》みきったベルーノ王国の騎士に負けるなど万が一にもないと言い切るだけの自信はある。

とはいえ、戦争など起きないに越《こ》したことはない。戦争とは命のやり取りである。ひとたび起きてしまえば味方の犠牲《ぎせい》をゼロにすることなど不可能に近く、命は助かったとしても不自由な体となる者も出てくるだろう。

その者達は戦争が終わった後も、その体と向き合って生きていかねばならぬのだ。

次期国王として、私はザヴァンニ王国《この国》を、民《たみ》を守る責任がある。その民の中にはもちろん騎士達も含《ふく》まれている。

もし私が反勢力側を応援《おうえん》したいと一度でも口に出してしまえば、それが現実のものとなってしまう。

私の決断一つで多くの民の血が流れることになるのだ。

それだけ強大な力を持つ、責任の大きな立場だと言える。

戦争なんかで、我が国の民から一人たりとも無意味な犠牲を出すわけにはいかない。

人生は誰しも一度きりなのだから。

――現在、ベルーノ王国の民衆の憤懣《ふんまん》は留まるところを知らぬほどに膨《ふく》れ上《あ》がっているという。

王あっての国ではなく民あっての国だというのに、ベルーノ王国の年若い国王は一体どこで間違《まちが》えてしまったのか、はたまた最初から間違っていたのか。

もし国王側が民達の話に耳を傾《かたむ》けていれば、此度《こたび》のクーデターは防げたはずだった。

それこそ、デモの時点で対応していれば。だがそうしなかったのは国王側であり、つまりこの結果を選んだのは彼ら自身《じしん》である。

自分の決断には責任を持つべきだ。

そこまで考えながら、ウィリアムは連日連夜の働きによる体力の限界を感じ、ソファーで仮眠《かみん》をとることにした。

「あ、ちょうどいいところに！」

廊下《ろうか》を移動中にバッタリと遭遇《そうぐう》したダニエルに声を掛けられたリリアーナ。

ダニエルの顔には笑《え》みが浮《う》かんではいるものの、目の下には濃《こ》いクマがくっきりと出ており、かなり疲《つか》れているだろうことが窺《うかが》える。

「ダニエル様、いかがなさいました？」

「いや、ウィルの奴がさぁ……」

ダニエルの口からウィリアムの名前が出たことに、リリアーナはまさか彼に何かあったのではとサーッと顔色を青くしつつ、ダニエルに詰《つ》め寄った。

「ウィルに、何かあったのですか？　ウィルは今どちらにいらっしゃいますの⁉」

「いやいやいやいやいや、リリアーナ嬢《じょう》、落ち着いて！　ウィルには何もないから‼」

そんなリリアーナの様子を呆《あき》れるように見ていた護衛のケヴィンが、

「嬢ちゃん、ちょ～っと落ち着こうか？」

とリリアーナの頭をポンポンと叩《たた》く。

それによって王宮の廊下ということもあり多少の人目があることに気付いたリリアーナは、近くなりすぎたダニエルから慌《あわ》てて一歩下がって適切な距離《きょり》をとった。

「大変失礼しました」

リリアーナは羞恥《しゅうち》に少しばかり頬《ほお》を染め、ダニエルは嬉《うれ》しそうに笑う。

「いや、それだけウィルのことを心配してくれているってことだろ？」

「毎日忙《いそが》しくお仕事されている姿を目にすれば、心配するのが当然ですわ。……クーもダニエル様をとても心配しておりますのよ？　もし少しでもお時間があれば、短くて構いませんのでクーに手紙を送って頂けませんか？　それも難しいようでしたら、花の一輪でもどなたかに頼《たの》んで渡《わた》して頂くだけでも、クーはとても喜びますわ」

「……そうだな。忙しさにかまけて、クロエ嬢には心配を掛け続けてばかりだ。手紙を送ることくらいは出来たはずなのに、そこまで頭が回らなかった。リリアーナ嬢、ありがとう。早速《さっそく》クロエ嬢に手紙を書いて送るとしよう」

そう言って踵《きびす》を返《かえ》そうとしたダニエルにリリアーナは待ったをかけた。

「ウィルのことで私に何かお話があったのでは？」

その言葉にダニエルは思い出したとばかりに。

「そうそう。ウィルの奴がさ、連日連夜の疲れで今執務室《しつむ》で仮眠をとってるから、側《そば》についていてやってくれるか？　って言おうと思って呼び止めたんだ」

「え？　それなら一人の方がゆっくりお休みになれるのでは？」

「いやいやいやいや、絶対にリリアーナ嬢が側にいた方が、ウィルは喜ぶから！　じゃあ、任せたぞ」

ダニエルはそう言って眩《まぶ》しい笑顔《えがお》を見せるとどこかへ行ってしまった。

「任せると仰《おっしゃ》いましても、本当に私が行ってもいいのかしら？」

困ったようにケヴィンに視線を向ければ、

「別にいいんじゃね？　ダニエルもああ言ってたことだし。俺も殿下《でんか》は嬢ちゃんが側にいた方が喜ぶと思うし、もし違《ちが》ったらダニエルのせいにして逃《に》げればよくね？」

と、何とも適当な答えが返ってくる。

だが、ケヴィンの言うことも一理ある。もしウィリアムが不機嫌《ふきげん》になったとしたら、ダニエルのせいにして部屋を出ればいいのだ。

あのお茶会以来、多忙《たぼう》なウィリアムの顔を見ていない。

どちらに転んでもウィリアムの顔を見ることが出来ると考えれば、少しは気楽になるのと同時に、久しぶりに会えることが嬉しくも感じた。

「では、ウィルの執務室へ参りますわ」

ウィリアムはソファーにドカッと横になると、それまでの疲労《ひろう》の蓄積《ちくせき》からあっという間に夢も見ることなく深い眠《ねむ》りの底についた。

——どれくらい眠っていたのか。

気配に気付いて目を開ければ、目の前にはリリアーナの可愛《かわい》い顔が視界いっぱいに広がっていた。

「リリー？」

一瞬《いっしゅん》夢かと思い頰を抓《つね》ると、普通《ふつう》に痛みがあった。……夢ではないらしい。

「ごめんなさい、起こしてしまいました？」

申し訳なさそうにシュンと小さな体を更《さら》に縮こめるリリアーナを抱《だ》き寄せると、

「ひゃっ！」

という相変わらずおかしな可愛い悲鳴を上げて、ポスッとウィリアムの鍛《きた》えられた胸に飛び込んできた。

抜《ぬ》け出そうともがいているリリアーナの背中に回した腕《うで》に力を込める。

どう足掻《あが》いても抜け出せないことに諦《あきら》めたのか、大人しく抱き締《し》められるリリアーナであったが、よく目を凝《こ》らせば髪《かみ》の間からチラリと覗《のぞ》く彼女の耳が真っ赤に染まっている。

――ああ、本当にリリアーナは可愛い。出来ればずっとこのまま抱き締めていたい。

少しの間リリアーナを堪能《たんのう》して腕の中から解放すると、彼女はホッとしたように起き上がったウィリアムの隣《となり》に腰《こし》を下ろした。

それが何となく面白《おもしろ》くなくてヒョイと持ち上げて膝《ひざ》の上に乗せると、久しぶりのことで恥《は》ずかしくなったのか少し赤みが引いていた頬を再度朱《あか》く染めて、リリアーナがそれを隠《かく》すようにウィリアムの胸に顔を埋《うず》めてくる。

いや、もう可愛すぎだろう⁉

リリアーナのあまりの可愛さに、ウィリアムはこれまでの疲れが全て吹《ふ》き飛《と》ぶような気がした。

――これまで頑張《がんば》ったご褒美《ほうび》なのか？　こんなご褒美がもらえるのなら、まだまだ頑張れる！

少しして頬の赤みが引いてきたリリアーナは顔を上げると、おずおずと話しだした。

「ウィル、あまり無理はしないでくださいませね？　私にウィルのお手伝いが出来ればいいのですが、今の私には見守ることしか出来ないのが申し訳なくて……」

しょんぼりと肩《かた》を落とし、困ったように眉《まゆ》をハの字に下げたリリアーナの頭をそっと撫でる。

「リリーはよくやってくれている」

ウィリアムの言葉に「ですが……」と返すリリアーナの言葉をあえて遮《さえぎ》って。

「私と部下のために、差し入れを頼んでくれているだろう？」

「それはっ……私はお願いするだけで、何もしておりませんわ」

「いや、リリーがお願いしてくれたお陰で、私達は執務室で栄養価の高い食事を摂《と》ることが出来ている。正直食堂まで行く時間も惜《お》しいほどに忙しかったからね。とても助かっているよ」

「……少しでも力になれていたのであれば、よかったですわ」

よかったと言いながらも、直接力になれていないためにあまり納得《なっとく》出来ていないようだ。

「それだけじゃない。先日のマリアンヌ王女のことだが……。彼女の心に寄り添《そ》い、励《はげ》ましてくれたのはリリーだ。お陰で彼女は今落ち着いている。これは我々には出来ないことだ。ベルーノ王国が落ち着くには今しばらく時間が掛かるだろう。リリー、それまでマリアンヌ王女を頼む」

「は、はい！」

何も出来ずに見ているばかりのじれったさや後ろめたさがウィリアムの言葉で吹き飛ばされ、リリアーナは自身の出来ることを頑張ろうと心に誓《ちか》った。

「だから、もう少しだけ栄養補給を……」

そう言ったウィリアムに、何か簡単な食べ物を持ってきてもらおうと、扉《とびら》の外で待機しているケヴィンを呼ぶためにリリアーナが口を開きかけた時。

ウィリアムはリリアーナをギュウッと抱き締めて、耳元で囁《ささや》く。

「リリー、私に頑張っているご褒美をくれないか？」

リリアーナはそれがくすぐったかったのか、身を捩《よじ》りながら聞き返してきた。

「はい？　ご褒美ですか？」

「ああ、ご褒美だ」

いきなりご褒美と言われても、何をご褒美とすればよいのか……。

何かをプレゼントするといっても、ウィリアムならば必要なものは何でも手に入れることが出来るだろう。

それにご褒美というのだから、本人が望むものでなければご褒美にはならない。

リリアーナはそんな風に少し考えて、

「では、ウィルのお願いを一つ叶《かな》えるというのはどうでしょうか？」

と、本人の希望を聞くことにしたらしい。

その答えにウィリアムは一瞬目を見開き、そしてニヤリと笑う。

「そうか、リリーは私の願いを何でも、一つ叶えてくれるのだな」

「え？　あの、何でもとは言っておりませんわ。私に出来る範囲《はんい》のもので……」

少しばかり間違った答えを出してしまったのかもしれないと慌てるリリアーナとは反対

に、何とも楽しそうなウィリアム。

「何をお願いしようか」

そう言って整った顔に綺麗《きれい》な笑みを浮かべるウィリアムに、リリアーナは顔を真っ赤にしながらも視線を外すことが出来ないでいた。

この後ウィリアムがリリアーナにどんなお願いをしたのかは、二人だけの秘密である。

「ダニエル様からお手紙が届きましたの！」

学園の特別室で、全身から幸せオーラを駄々《だだ》洩《も》れさせているクロエがふわりと笑みを浮かべてそう言った。

「え？　そうなの？　ダニエル様は何て？」

クロエの様子から悪い内容のものではないだろうと安心しつつ、興《きょう》味《み》津々《しんしん》にエリザベスが前のめりで質問する。同じように前のめりで耳を傾けているのはイザベラである。

何だかんだとエリザベスとイザベラはどこか似ている部分があり、馬が合うとでもいうのか。

二人で楽しそうに話していることも多い。

「忙しさにかまけて連絡《れんらく》せずにすまなかったと、謝罪の言葉とかすみ草の花束が贈《おく》られてきましたの。侍女《じじょ》が言うには、かすみ草の花言葉は『切なる願い』で『会いたい』という意味を込《こ》めて渡すこともあるのだとか。もう、本当に嬉しくて……」

眩しいほどの笑顔を向けながら、大粒《おおつぶ》の涙《なみだ》を零《こぼ》す。

この時のクロエは誰が見ても本当に美しいと思うほどに、光《ひか》り輝《かがや》いていた。

（――よかった。ダニエル様は早速クロエに手紙を出してくれましたのね）

あのダニエルがかすみ草の花言葉を知っていたのかどうかは分からないが、結果これだけクロエが幸せそうな笑顔を見せているのだ。

儚い雰囲気のクロエのイメージからかすみ草を選んだような気がしないでもないが、そんなことは小さなことと、リリアーナはクロエの幸せそうな姿に満足そうに頷《うなず》いた。

「クー、よかったね。もうしばらくは忙しくて会えないかもだけど、こうして手紙とか花を贈ってくれるんだもん。ちゃんと愛されてるじゃん」

エリザベスがニヤリと笑ってそう言えば、イザベラも、

「素敵《すてき》な婚約者《こんやくしゃ》様で羨《うらや》ましいですわ」

キラキラした瞳《ひとみ》で羨望《せんぼう》の眼差《まなざ》しを向けている。

「ありがとうございます」

クロエの心からの笑みは、見る者も幸せな気分にさせていた。

その笑顔を引き出した本人《ダニマッチョ》がそれを見ることが出来ないのは少しだけお気の毒だと思いつつ、

「クーが幸せそうで何よりですわ」

リリアーナがそう言えば、エリザベスは思い出したとばかりにクロエからリリアーナへと視線を移して質問した。

「そういえば、リリはまだ王妃《おうひ》様と二人きりの夕食を続けているの？」

「ええ、相変わらず二人だけの夕食が続いておりますわ」

「そっか～。リリも大変だよね。マリアンヌ王女様のお相手はリリに任されているんでしょ？」

クロエやイザベラも静かに頷いて聞いている。

「ウィル達の頑張りに比べたら私など……。ウィル達の負担を少しでも減らしたいと思いながらも、何も出来ない自分がどうしようもなくもどかしくて、心の中がずっともやもやしていたのですが……」

「見ていることしか出来ないというのは、とても辛《つら》いですわね」

クロエはそう言って小さく息を吐いた。きっと忙しいダニエルのことを思い出しているのだろう。

「ええ、とても辛かったのですが、昨日ウィルとお会いして、彼の言葉に私は救われましたの。私は私に出来ることで、少しでも力になれるように頑張りますわ」

　クロエがダニエルの手紙と花束で幸せを感じたように、リリアーナが辛いと感じていたことがウィリアムの言葉で救われて良かったと、エリザベス達はホッとした。

「リリが何でもかんでも話をすることが出来ないのは分かってるけど、それでも何か悩《なや》みがあれば相談に乗るから言ってね？」

「……ありがとうございます。こうして本気で心配してくださる皆《みんな》がいるから、私は頑張れるのですわ。頼《たよ》りにしておりますわね」

「任せて！　学園を卒業しても、リリやクーやベラに何かあれば、真っ先に駆《か》け付《つ》けるからね！」

「それは頼もしいですわね」

　クスクスと笑うリリアーナとクロエに、イザベラも、

「ええ、頼もしいですわ」

　と嬉しそうに笑った。

　何かあれば真っ先に駆け付けると言ったメンバーの中に自分が含まれていたことが、余《よ》程《ほど》嬉しかったと見える。

「そういえば、卒業パーティーのドレスはもう決めた？」

「大体のデザインは決めて、先日発注したばかりですわ」

「私はドレスの色は決めておりますが、デザインの方はまだ……」

「私のドレスはソフィア様が用意してくださるので……」

イザベラ以外はまだどのようなドレスかは決まっていないようだ。

「クーのドレスの色って、どうせダニエル様の色にするつもりでしょ？」

「ええ、そのつもりですわ」

クロエはいつものように恥ずかしそうに頬を手に当ててクネクネしている。

「でもさ、ダニエル様の髪も瞳も榛《はしばみ》色でしょ？　クーが好んで着るタイプのドレスだとちょっと地味になっちゃわない？」

確かにヘーゼルナッツのような榛色は、シンプルなものにしてしまうと地味のひと言に尽《つ》きるだろう。

「フリルやレースを使うか、クーの色の黒を一緒《いっしょ》に使って大人っぽく仕上げるか……」

「基本のドレスの形はシンプルなワンショルダーして、同じ生地《きじ》で大きなリボンや薔薇《ばら》のようなものを肩につけるのはどうでしょう？」

「あのさ、ダニエル様色のドレスの上にかすみ草みたいな真っ白で可愛らしい感じのレースを重ねたら？　ダニエル様の色と二人の想《おも》い出《で》の花束を重ねてみました～的な？」

エリザベスが何の気なしに言った二人の想い出の重ね掛けを、クロエだけでなくリリアーナやイザベラもいたくお気に召《め》したらしい。

「エリー様、その案いただきますわ‼」

前のめりになってエリザベスの手を取るクロエに、

「二人の想い出をドレスに……素敵ですわ‼」

「いつか私もそのようなドレスを作ってみたいですわ！」

瞳をキラキラとさせてはしゃぐリリアーナとイザベラ。

午後の授業が始まる少し前まで卒業パーティーの準備の話で盛り上がってしまい、慌てて淑女の全速力《早歩き》で教室に戻る四人であった。


「ウィル、ギルバートが戻ってきたらしい」

「……そうか。応接室に通してくれ。これを済ませたら直《す》ぐに向かう」

ダニエルの報告にそう答えると、ウィリアムは急ぎの書類に視線を落とした。

ギルバートはベルーノ王国の動向を探《さぐ》っていた密偵《みってい》のうちの一人である。

彼が戻ってきたということは、ベルーノ王国で何か動きがあったということだろう。

ウィリアムは書類に目を通すと何やら少し書き込んでからサインし、

「これを宰相《さいしょう》のところへ」

と部下へ指示を出してから、執務室を出て応接室に向かった。

応接室のソファーにはダニエルと、これといった特徴《とくちょう》のない容姿の三十代前半と思《おぼ》しき男性が腰掛《こしか》けていた。

「ギルバート、戻って早々疲れているところをすまないな」

「いえいえ、この報告が終わったらゆっくり休ませてもらいますから、お気になさらず」

一見へらりと締まりのない笑い顔に見えるが、彼の諜報《ちょうほう》能力はザヴァンニ王国随一《ずいいち》と言えるほどの実力者である。

「それで？　ギルバートが戻ってきたということは、国王側か反勢力側に動きがあったということだろう？」

「まあまあ、慌てなくても順に説明させてもらいますので、ちょっと失礼して」

人払《ばら》いしているためダニエルが淹《い》れた紅茶を二口ほど口にすると、ギルバートはフゥと大きく息を吐いてから話しだした。

「まあ結論から言ってしまえば、国王側はもう長くは持たないでしょうな。各地でデモが起こる中、貴族達は派手に着飾《きかざ》り夜会や茶会を開き、騎士達は訓練をサボって酒場通い。そんな奴《やつ》らがまともに戦えると思いますか？　むしろ今までよく持った方だと言えますね。反勢力側の武器といえば斧《おの》や鍬《くわ》などではじめこそ武器と戦いの経験差で国王側が優位に立っていましたが、反勢力側には相当頭の回る者がいたようです。国王側と取引のある商人達を取り込みました」

「商人を？」

首を傾《かし》げるダニエルにギルバートが説明を始める。

「現国王や貴族達はこんな状況《じょうきょう》下であってもまだ贅沢《ぜいたく》をやめようとしていない。そんなことを続けていればあっという間に資金や物資は底をつく。現に何割かの商人達への支払《しはら》いが滞《とどこお》っていましたしね。武器商人へはまだ何とか支払われていたようですが、それだっていつ滞るか……。反勢力側には数人の貴族が参加しています。彼らは私財を擲《なげう》って領民を助けていたために財力はありませんが、人脈というものがあります。言い方は悪いですが、他国の貴族への紹介状《しょうかい》を餌《えさ》に商人を取り込んだわけです」

「終わりの見えた国よりも他国の有力貴族との繋《つな》がりか……」

「まあ、沈《しず》みゆく船に一緒に乗ろうなどという物好きな商人などいないでしょうからね。まさに金の切れ目が縁《えん》の切れ目ってとこでしょう。王宮で働く者は下働きの者達から逃げ出しているようで、行儀見習《ぎょうぎ》いで王宮に入ったはずの下位貴族の令嬢《れいじょう》達が洗濯《せんたく》や掃除《そうじ》をさせられて、相当不満が溜《た》まっているようですね。次はそういった者達が逃げ出していくでしょう。そうなれば王族や高位貴族の世話をする者達が誰もいなくなり、それはそれは大変でしょうねぇ」

口では気の毒そうに言いつつ、ギルバートの顔はとても楽しそうである。

彼はなかなかにいい性格をしているらしい。

それにしても。

「デモが起こった後も夜会や茶会を開いていたなど、一体何を考えているのか……」

ウィリアムは苦々しい顔をして小さく息を吐いた。

「何も考えてないんじゃないですか？　以上の状況から判断して、早ければ三日、遅《おそ》くても一週間以内には反勢力側が勝利すると思われますね」

「……ならばクーデター終結後のザヴァンニ《こちら》王国の対応をどうするかを早急《さっきゅう》に検討せねばな。マリアンヌ王女の今後も考えないとならない。時間がいくらあっても足りないくらいだ」

ウィリアムは急ぎ議会を招集し、緊急会議が行われる。

そして連日の会議が四日目に入ったその時――。

ギルバートの読み通り、反勢力側の勝利でクーデターが終結したとの速報が伝えられた。

それと同時に、反勢力側の首謀者《しゅぼうしゃ》であるランスロットがマリアンヌ王女を血眼《ちまなこ》になって探しているらしいという情報がもたらされたのである。

彼がどのような理由でマリアンヌを探しているのかまでは分からず、今の段階ではベルーノ王国においての彼女の身の安全は保証出来ない。

マリアンヌ王女には、今しばらくの間ザヴァンニ王国での生活を続けてもらう他ないだろう。

ウィリアムはクーデター終結の情報をマリアンヌに伝えるべく、重い腰を上げた。

彼女は奥庭《おくにわ》の四阿《あずまや》でリリアーナとお茶をしているらしいと聞き、奥庭へと足を向ける。

四阿が見えてくると、リリアーナ達の微《かす》かな笑い声が風に乗って聞こえてくる。

——これから話をすることでこの笑い声が消えてしまうのかと思うと気が重いが、仕方がないと腹をくくって足を進めた。


「まあ、ウィル」

リリ様が嬉しそうな表情を向ける先に、わたくしも視線を向けると。

何やらいつも以上に難しい顔をされているウィリアム様が、こちらに向かって歩いてくるところだった。

「ウィリアム様、ごきげんよう」

わたくしの挨拶《あいさつ》にウィリアム様は軽く頷きながら、厳しい顔で言った。

「マリアンヌ王女に話がある」

「ウィル、私は席を外した方がよろしいですか？」

リリ様が控《ひか》えめな様子で訊《たず》ねると、ウィリアム様は小さく首を横に振《ふ》った。

「いや、リリーも一緒に聞いていてほしい」

その言葉にリリ様は若干《じゃっかん》の戸惑《とまど》いを見せながらも、静かに頷く。

それを確認《かくにん》し、ウィリアム様はゆっくりと椅子に腰掛けると徐《おもむろ》に話しだした。

「ベルーノ王国のクーデターが終結した」

ヒュッと息を呑《の》む音が微かに響《ひび》く。それはリリ様のものであったのか、わたくしのものであったのか……。

暑くもないのに背中を冷たい汗《あせ》がツツーッと流れていく。

聞かなければいけないと分かっていても、聞きたくないなどという感情が湧《わ》き上がり、キーンと耳鳴りが響くのと同時に心臓が激しく鼓動《こどう》し始めた。

掌《てのひら》に汗がにじみ、喉《のど》が異様に渇《かわ》く。

「反勢力側の勝利だそうだ」

ウィリアム様の静かな声が耳を通過していくが、わたくしの心はその事実をなかなか受け止めようとしてくれない。

だが、わたくしはベルーノ王国の王女なのだと、無理やりその事実を呑み込む。

反勢力側の勝利。それはすなわち国王側が負けたということ。

王侯貴族によって搾取され続けた民の生活は、反勢力側の勝利によって徐々《じょじょ》に改善されていくことだろう。

ベルーノ王国にも、子ども達の笑い声が響く日が戻ってくるはずだ。

安堵《あんど》の気持ちと共に負けてしまった国王《弟》を思い、わたくしの目からは次々と涙が溢《あふ》れてくる。

リリ様がわたくしの隣に椅子を寄せて、そっと背中をさすってくれた。

「実はあなたの幼なじみだという反勢力側のトップであるランスロットが、あなたを探しているらしい。どのような理由で探しているのかはまだ分かっていない。もうしばらくの間、あなたにはここに留まって頂くことになるだろう」

ランスがわたくしを探している？　それは王族であるわたくしを捕《と》らえるため？

クーデターに負けた国王とその側近達は、近いうちに処刑《しょけい》されるだろう。

それ以外にも民を蔑《ないがし》ろにし続けた貴族の多くが処刑されるかもしれない。

――ランスは弟王《セドリック》を止められなかったわたくしを憎《にく》んでいるのだろうか？

わたくしもセドリックと共に処刑されるのだろうか？

不安に顔色を悪くするわたくしの右手をリリ様がキュッと握《にぎ》る。

「ウィル、アンヌ様は私の大切なお友達なんです」

リリ様が少し震《ふる》える声でウィリアム様にそう言った。

思わずリリ様の顔を凝視《ぎょうし》してしまう。

そんなわたくしの視線に気付いたのか、リリ様はわたくしの方へ顔を向けると、ふわりと優《やさ》しい笑みを浮かべた。

「リリーの大切な友人であるあなたのことは、仮にもし酷《ひど》い要求をされたとしても、出来るだけ守れるように交渉《こうしょう》するつもりだ。信じて任せてほしい」

真剣《しんけん》な面持《おもも》ちでそう語るウィリアム様。

前半はわたくしに、最後の言葉はきっとリリ様に向けて仰ったのだろう。

今のわたくしに出来ることは何もない。

未《いま》だ握られたままのリリ様の手に左手を乗せ、

「よろしく、お願い致します」

わたくしはウィリアム様に深々と頭を下げた。

第6章　クーデター終結

反勢力側が勝利し、悪政を敷《し》いて国民を疲弊《ひへい》させたと言われる国王とその側近達は後に革命広場と呼ばれる場にて断頭台に上がり、彼らの死刑執行をもって本当の意味でクーデターは終結した。

だが、ずっと辛酸《しんさん》を嘗《な》めてきた反勢力側に参加した者達が望むのは、甘い汁《しる》を吸ってきた全ての貴族の処刑であろう。

とはいえ、それを行ってしまえば識字率の低い反勢力側の者達では政治は行えず、国の仕事が回らなくなってしまう。

たとえクーデターが終結しても物語のように『めでたしめでたし』で終わるのではなく、ここからが新たな始まりであり、ベルーノ王国復興に向けてやらねばならないことは山積していた。

そんな中で行われることとなったザヴァンニ王国と反勢力側との会談は、ザヴァンニ王国国境沿いの町にある、貴族の屋敷《やしき》で始まろうとしていた。

目の前にある重厚《じゅうこう》な扉《とびら》をウィリアムは睨《にら》むようにして見ている。この扉の先に、反勢力側の者達がいるのだ。

もし彼らに、生き残りの王族であるマリアンヌを差し出せと要求されたらどうするか。

その答えは準備してきたものの、もしかしたら暴れられる可能性もある。

危険な場であることは間違《まちが》いないだろう。

ウィリアムがふぅ、と息を吐《は》いて合図を出すと、扉は開かれた。

部屋に入ると同時に、先に席に着いていただろう反勢力側の使者達の中から体格のいい青年が一人、勢いよく跳《と》びついてきた。

ウィリアムは反射的に投げ飛ばそうと腕《うで》を伸《の》ばしたところで、

「アンヌは、マリアンヌは無事かっ⁉」

という青年の大声によって手が止まる。

「は？」

どうやら目の前にいるこの青年がランスロット・バリモア本人のようだ。

血眼《ちまなこ》になってマリアンヌを探しているとは聞いていたが、これは王族を捕《と》らえて処刑するなどといった感じではなく、むしろ心配している——？

身構えていたはずのウィリアムは、呆気《あっけ》に取《と》られながらランスロットを見やった。

ザヴァンニ王国側の使者達は困ったようにその様子を見つめ、反勢力側の使者に至ってはやれやれといった風に見えなくもない。

この拍子抜《ひょうしぬ》けして緊張《きんちょう》感皆無《かいむ》となった空気感を払拭《ふっしょく》するために、ウィリアムは一つ咳払《せきばら》いをし、

「とりあえず話は席に着いてからだ」

と言った。

青年はハッとしたように背筋を伸ばすと、

「この度《たび》は我々が起こしたクーデターによってザヴァンニ王国へも迷惑《めいわく》をお掛《か》けし、大変申し訳なかった」

と謝罪の言葉を口にした。

マリアンヌと諜報《ちょうほう》からの情報によれば、彼は一本筋の通った統率《とうそつ》力のある人物らしく、目の前で真摯《しんし》に謝罪した姿を見れば『なるほど』と思わせられた。

とはいえ、まだ完全に彼を信用したわけではない。

「謝罪の言葉を受け入れよう。それで、マリアンヌ王女の安否であったな」

ウィリアムが席に着くとランスロットも大人しく腰を下ろした。

「マリアンヌ王女はクーデターが始まる少し前、我が国の国王陛下生誕祭へ出席するためにザヴァンニ王国に来訪していた。そこへクーデターの情報が入り、彼女の身の安全が保証出来ないためにそのまま我が王宮に滞在《たいざい》中だ」

マリアンヌの安否の確認《かくにん》が出来たことで、ランスロットは安心したように大きく息を吐

き出した。

「それで？　ランスロット殿《どの》はマリアンヌ王女を探していると聞いたが、君は彼女をどうするつもりだ？」

先ほどの様子からいってもマリアンヌに危害を加えるつもりはなさそうではあるが、まずは彼が彼女をどうするつもりなのかを把握《はあく》しなければ、話は先に進まないだろう。

この席にベルーノ王国王女であるマリアンヌを同席させなかったのは、最後の王族である彼女が処刑される可能性が、ゼロとは言えないためだったのだが……。

「マリアンヌを女王とし、私が王配として腐《くさ》りきったベルーノ王国を復興させるつもりだ」

ランスロットは真顔でそう言い切った。

「マリアンヌ王女を、女王に……？」

ウィリアムを含《ふく》むザヴァンニ王国側の使者達は動揺《どうよう》を隠《かく》せなかった。

なぜなら、ベルーノ王国は他国の目から見ても男尊女卑《だんそんじょひ》が酷《ひど》く、女性には生まれながらにして王位継承《けいしょう》権がないのだ。

建国以来、女性が王位に就《つ》いたことは一度もなかったと聞いている。

そんなウィリアム達の動揺を分かっているとばかりに、ランスロットは話を続けた。

「ベルーノ王国では男尊女卑の考え方が根強く残っていて、今までは女性というだけで王位継承順位から外されてきた。その結果がこのざまだ。だからこれからは女性でも能力があれば王位に就けるようにと、急ぎ法律を変えさせた」

「「「……は？」」」

その『ランチのメニューを肉から魚に変えました』くらい気軽に法律を変えたなどという言葉を口にしたランスロットに、ザヴァンニ王国側の使者達がざわつく。

もしザヴァンニ王国が法律を変えようとしたならば、まず議会に法律案を提出して何度も話し合い、賛成する者が半数を超《こ》えれば可決となるが、法律案の提出前に暗黙《あんもく》の了解《りょうかい》として行われているのが根回しである。

だが、たとえそれを行ったとして、その法律が成立するまでにはどんなに早くても三カ月ほどの時間が必要だろう。

「法律を……この短期間でよく通せましたな」

半ば感心したように話す使者に、ランスロットはニヤリと笑った。

「民《たみ》のために頑張《がんば》ってきた数少ない貴族を除いて、首の皮一枚で繋《つな》がっている貴族《奴ら》には今まで散々良い生活を堪能《たんのう》してきた分、これからの人生は全て民のために尽《つ》くしてもらうつもりだからな。皆《みな》死ぬ気で頑張ってくれて、とても助かっている」

死ぬ気というより『やらなければ死』の間違いだろうと、ザヴァンニ王国側の使者も反勢力側の使者も、心の中で激しいツッコミを入れていた。

「俺がクーデターを起こしたきっかけは、薬がないばかりに村の子どもが死に絶えたのを目《ま》の当《あ》たりにしたことだ。ザヴァンニ王国《そちら》からの援助《えんじょ》は庶民《しょみん》には一切《いっさい》届かず、中央の奴《やつ》らは何の対策も取らずに増税に増税を重ねて贅沢三昧《ぜいたくざんまい》。こんなのは俺が敬愛する先代国王《ジョルズ》が目指した未来とは違《ちが》う。子ども達が未来に夢を描《えが》けないこんな国など、壊《こわ》してしまえと思った。それと同時に、常に国を、民を憂《うれ》えていたマリアンヌが女王であったなら、きっとこんな風になってはいなかったはずだと。……マリアンヌが女王になるべきなんだ。だが、民の中には王族というだけでマリアンヌもセドリックのような人間だと思い込んでいる奴もいる」

「……」

「だから王配、か」

確かに反勢力側のトップが王配となれば、マリアンヌをよく知らずに『悪』だと思い込んでいる者も、大きな声を上げることは出来ないだろう。

そしてマリアンヌが国と民のために動いていれば、そういった者達も彼女がセドリックとは違うのだと、時間は掛かるだろうが自然と理解していくはずだ。

悪い話ではないと思うが、当事者であるマリアンヌの許可もなしにここで決めるわけにはいかないと、ウィリアムはこの話を一旦《いったん》持ち帰り、また後日会談を行うこととした。

可愛《かわい》らしい小花に囲まれた奥庭《おくにわ》の真っ白な四阿《あずまや》で、マリアンヌはぼんやりと空を眺《なが》めていた。

クーデターで国王側が負けた時から覚悟《かくご》していたとはいえ、弟の死は思った以上にこたえたらしい。

短い間に色々なことがありすぎて、何をどうしてよいのかマリアンヌ自身ですら分からなくなり、ふと思い出したのがこの人気《ひとけ》の少ないリリアーナお気に入りの場所だったのだ。

どれくらいの時間そうしていたのかは分からないが、不意に誰《だれ》かに呼ばれたような気がしてそちらに視線を向ければ、学園の制服に身を包んだリリアーナがそこに立っていた。

一人になりたいと思いながらも、また彼女にこの胸の内を聞いてほしいと思う自分がいた。一人で抱《かか》えるには重すぎて。

――これはきっと心が弱っている自分が見せた都合のいい幻《まぼろし》だろうと、マリアンヌはまた視線を空へと向けた。

だが幻だと思っていたリリアーナは、どうやら本物であったらしい。何も言わずに静かにマリアンヌの隣《となり》に腰掛《こしか》け、同じように空を眺め始めた。

何を話せばいいのか。

何から話せばいいのか。

うまく話せる自信はなくて、けれどもリリアーナならきっとそれでも根気強く聞いていてくれるだろう気がして。

「……あんな弟でも、もう二度と会えないと思うと……寂《さび》しいものですわね」

ポツリと言った。

ここ数年は、まともに挨拶《あいさつ》も交《か》わせぬほどに仲の悪い姉弟《してい》であったけれど。

それでもやはり、血の繋がった弟だったのだ。

弟がこちらのことをどう思っていたのかは分からないけれど、あのように憎々《にくにく》しげに睨まれるのが辛《つら》くて、悲しくて、それを誤魔化《ごまか》すためにマリアンヌも無表情で返していただけで、本当は子どもの頃《ころ》のように普通《ふつう》に仲の良い姉弟でいたかった。

こんな形で失ってしまうなんて……。

「アンヌ様は、その、ランスロット様を恨《うら》んでらっしゃいますか？」

眉《まゆ》をハの字に下げて申し訳なさそうな顔をして聞いてくるリリアーナに、頑張って笑《え》みを浮《う》かべようとしてマリアンヌは失敗する。

これ以上下がるのか？　と思えるほどに眉を下げるリリアーナにかえって余計な心配を掛けてしまったと、無理に笑おうとしたことをマリアンヌは後悔《こうかい》した。

一度リセットするつもりでふぅと小さく息を吐き、無理に笑わずに今度は淡々《たんたん》と自分の気持ちをそのまま伝える。

「彼を恨んだことなど、一度たりとてありませんわ。弟のことは……因果応報であり、なるべくしてなったのだとしか申せません。ですが、たった一人の姉として、それを止めることが出来なかったことが、悔《く》やまれてなりませんの。もちろん、弟だけの責任と言うつもりはございません。止めることが出来なかったわたくしにも、責任はあると思っております。……何を今更《いまさら》と、わたくし自身も思いますが、もっと弟の気持ちに寄《よ》り添《そ》うように声を掛けてあげればよかった。頭ごなしに否定の言葉ばかり並べて、あの子を追《お》い詰《つ》めたのはわたくしだったのかもしれません。気弱な性質だったあの子には国王という立場は重すぎるものだっただろうに、優《やさ》しい言葉一つ掛けることなく、失敗すれば『あの子よりもわたくしの方がうまくやれるのに』だなんて。きっと言葉に出さずとも、あの子にはわたくしのそんな浅ましい心が分かっていたのだわ」

マリアンヌは深い溜息《ためいき》をつく。

「先に生まれたわたくしは女性だから王位継承権を得られず、後から生まれたセドリックは男性だから王位継承権を授《さず》かった。周囲の者達に優秀《ゆうしゅう》だと持《も》て囃《はや》されながらも王位に就くのはわたくしではないという事実に、自分でも気付かぬうちにセドリックを妬《ねた》んでいたのだと思います。あの子が王位を継《つ》いだ時、たった一人の姉としてあの子の弱い部分をわたくしが補って支えていたら、きっとあの子は優しい国王になれたと思います。あの子を、弟を愚王《ぐおう》と呼ばれる国王にしてしまったのは、わたくしの醜《みにく》い心であったと……。本当に、止めてあげられなくて、ごめ、なさ……」

弟が処刑されたと知った時、ショックではあったけれど涙《なみだ》は出なかった。

それがマリアンヌの心に暗い影《かげ》を落としていたのだ。

肉親を亡《な》くしても涙一つ見せない自分は、何て冷たい人間なのか、と。

なのに今、次から次へと溢《あふ》れ出《で》てくる涙を止めることが出来ない。

俯《うつむ》くマリアンヌをリリアーナはそっと抱《だ》き締《し》める。マリアンヌは耐《た》えられずに彼女の胸で、大人になって初めて声を上げて泣いたのだった。

その夜。

いつもの応接室にて、リリアーナは会談から戻《もど》ったばかりのウィリアムと二人だけのゆっくりとした時間を過ごしていた。

もちろん当然の如《ごと》くリリアーナはウィリアムの膝《ひざ》の上に乗せられているのだが、やはり会話の中心はベルーノ王国の今後とマリアンヌ王女の話になってしまうので、甘い雰囲気《ふんいき》にはならないのであるが。

「まずは反勢力側との交渉《こうしょう》、お疲《つか》れ様《さま》でした。交渉はスムーズに行われたと伺《うかが》っておりますが……」

リリアーナが心配しているのはやはりマリアンヌに対してである。

「ああ、概《おおむ》ねスムーズに進みはしたな」

「何か問題でもありましたの？」

リリアーナは不安げに訊《たず》ねる。

「問題、といえば問題ではあるんだが」

ウィリアムの何とも歯切れの悪い物言いに、リリアーナは更《さら》に眉を下げた。

「反勢力側トップのランスロット殿が、マリアンヌ王女を女王にすると言い出してな。それについては他国のこと故《ゆえ》に、こちら側としても特に反対することはないんだが、その方法が……」

「方法が、何ですの？」

リリアーナの必死な様子がとても可愛らしいとついつい目尻《めじり》を下げそうになるのを誤魔化すように、ウィリアムはコホンと咳《せき》を一つして話を続ける。

「いやな、ランスロット殿がマリアンヌ王女を娶《めと》り、彼が王配となるつもり……」

「何ですってぇぇぇぇぇぇ!?」

ものすごい勢いで立ち上がったリリアーナに、ウィリアムは少しだけ仰《の》け反《ぞ》った。

「ランスロット様は、アンヌ様のことをどのように思っておられるのかしら？　アンヌ様からは大切な幼なじみだと伺っておりますが、彼はアンヌ様のことをどうなさるおつもりなんでしょう？　大切にしてくださるのでしょうか？　それとも……」

リリアーナの質問というよりも疑問にウィリアムは顎《あご》に手を当てて、少し考える素振《そぶ》りを見せた。

「ハッキリ言って私はそういう面には疎《うと》いから何とも言えないが、彼がマリアンヌ王女を憎《にく》んでいるようには見えなかったな。というより、かなり心配しているように感じた。少なくとも王女をぞんざいにあしらうような真似《まね》はしないと思うが……」

リリアーナはウィリアムの隣にポスッと腰《こし》を下ろすと、

「アンヌ様は気付いておられないようですが、私には彼女がランスロット様のことを憎からず思われているように見えました。私はあれこれ言える立場にはおりませんが、出来ればランスロット様にも少なからず、アンヌ様に好意を持っていてほしいと願わずにはいられませんの。アンヌ様には歳《とし》の離《はな》れたお姉様がお二人いらっしゃいますが、遠い異国に嫁《とつ》がれておりますから、簡単にお会いすることは出来ませんわ。ですから、彼女の伴侶《はんりょ》となる方には、アンヌ様を心から大切にして、どんな時でも彼女を支えてくださる方でなければ納得《なっとく》がいきませんの。……アンヌ様は私にとって大切なお友達ですから」

と、瞳《ひとみ》をウルウルさせてウィリアムに訴《うった》えた。

クロエの影響《えいきょう》が出てきたのかどうかは分からないが、これは確実にウィリアムの心臓をズキュンと撃《う》ち抜《ぬ》き、ウィリアムは「うぐっ」と小さく呻《うめ》いて胸を押さえる。

「ウィル？」

心配そうに顔を覗《のぞ》き込んでくるリリアーナに、

「大丈夫《だいじょうぶ》だ」

と言って一つ深呼吸をし、心を落ち着けた。

「私とて、彼女に不幸になってほしいわけではない。ベルーノ王国は元々国力が落ちていたところにこのクーデターで更に低下したからな。我が国の援助なくして復興は難しいだろう。我が国がマリアンヌ王女の後《うし》ろ盾《だて》として存在を匂《にお》わせておけば、丁寧《ていねい》に扱《あつか》わざるを得ないのではないか？」

ウィリアムはニヤリと笑う。

リリアーナはそんなウィリアムを見て嬉《うれ》しそうに両手を胸の前で合わせる。

「では……」

ウィリアムは肯定《こうてい》の意味で深く頷《うなず》いた。

「ああ、次の会談ではマリアンヌ王女も同席することになる。その場で反勢力側ではなく、マリアンヌ王女の後ろ盾として援助の契約《けいやく》を結ぼうと思っている」

リリアーナはその言葉に満面の笑みを浮かべ、

「ありがとうございます！」

とお礼の言葉を口にすると大きな安堵《あんど》の息を吐いた。


マリアンヌは緊張に表情を硬《かた》くしながら、ザヴァンニ王国と反勢力側との交渉の場に足を運んだ。

王族として生を享《う》けたからには、国のためとあらばどんな人物にでも嫁ぐ覚悟は持っていた。いや、持っていたはずだった。

数年ぶりに見るランスロットは記憶《きおく》の中の彼よりも少し日に焼けて、逞《たくま》しい体躯《たいく》の青年となっていた。

懐《なつ》かしさを覚えると同時に、国のため、ベルーノ王国の民のため、ランスロットは王配、つまり王家の血を引くマリアンヌの夫となると決めたのだと思えば思うほどに、なぜかマリアンヌの胸はツキンと痛む気がした。

とはいえ、これはクーデターによって荒《あ》れてしまった国をまとめるために必要な婚姻《こんいん》であり、マリアンヌはそれに従うだけだ。

だがランスロットならばきっと、亡き弟王達とは違いベルーノ王国を良い方向へ導いていけるだろう。

自分はそのためにも必要な駒《こま》であり、今まで大変な苦労を強《し》いてしまった民達への贖《しょく》罪《ざい》として、彼らが幸せに暮らしていける国を作るために全力を尽くそうとマリアンヌは心に誓《ちか》った。

――それが自分の生きる意味だと。そのために生かされたのだと。


前回の交渉の後、マリアンヌにはザヴァンニ王国側よりきちんと説明がされたはずであった。

だが久しぶりに見るマリアンヌの顔には始終硬い表情が浮かんでおり、ランスロットとは全く視線が合わない。

いや、正確には何度か合いそうになったのだが、その度にフイと逸《そ》らされる。

やはり恨まれているのだろうか？　いくら仲の良くない姉弟であったとはいえ、その弟の敵となり、命を奪《うば》ってしまったのだから。

だが、他に方法がなかった。もう一刻の猶予《ゆうよ》もなかった。あのまま放っておけば民は皆病に侵《おか》されるか飢《う》え死《じ》にしてしまっていただろうから。

ベルーノ王国の民を助けるために国王と側近達の命を奪ったことに、後悔はしていない。

だがマリアンヌに恨まれることだけは、出来れば避《さ》けたかった。

「なあ、アンヌ。お前は俺を恨んでいるか……？」

思わず心の声が漏《も》れていた。

しまったと口を噤《つぐ》んだところで、出てしまったものは戻らない。

マリアンヌは驚《おどろ》いたように大きな目を見開いてこちらを見ていた。

——ああ、やっとマリアンヌと視線が合った。

「恨んでなど、おりませんわ」

小さいが、するりと耳に入ってきたその声。

次に己《おのれ》の脳がその言葉の意味を理解すると、じわじわと安堵の気持ちが全身に広がっていく。

だがマリアンヌの表情はまだ硬いままで、本当に恨まれていないのかは分からない。

「それで前回の交渉の時の話だが……」

マリアンヌは硬い表情のまま、ランスロットの話を途中《とちゅう》で遮《さえぎ》るように静かに頷きながら、

「ええ、伺っております。本来であれば弟と一緒《いっしょ》に露《つゆ》と消えなければならぬ身であったわたくしに、生きて償《つぐな》う時間を頂けましたことに、誠《まこと》に感謝しておりますわ」

「は？」

もしかしてこれは何か激しく誤解されているのではないか？　ランスロットは非常に嫌《いや》な予感がした。

　今ここで早急《さっきゅう》に確認しなければ、後々とんでもなく苦労するのではないかという、非常に嫌な予感だ。

「なあ、アンヌ。お前、何か勘違《かんちが》いしてないか？」

「いいえ、勘違いなどしておりませんわ。わたくしはわたくしの立場をきちんと理解して、ランスロット様にお仕えしようと……」

「だから、それが勘違いだと言っているんだろうが！」

　ランスロットがダンッと机を叩《たた》きマリアンヌを睨むようにして見ると、少しだけビクリと肩《かた》を震《ふる》わせながらもマリアンヌは気丈《きじょう》にランスロットを真っすぐに見つめた。

「お前が……アンヌが王女でなかったら、俺は王配になどなるつもりは一切なかった。他の奴らに押し付けるつもりだったさ。だがアンヌだから、『俺』が王配になることにしたんだよ！」

「——え？」

　マリアンヌの脳は理解することを拒《こば》んでいるのか、意味が分からないと言ったようにぽかんとしている。

「俺は王女にではなく、お前個人にプロポーズしているんだが？」

切なげに目を細めるランスロットに、マリアンヌはどうしていいのか分からずに目を逸らした。

ベルーノ王国側の使者も、ザヴァンニ王国側のウィリアム達も、いきなり始まった二人だけの世界に唖然《あぜん》としつつも空気のように二人を見守る。

いや、見守るしかなかったというのが正解か。

「なあ、返事はもらえないのか？」

マリアンヌは顔だけでなく首や耳まで真っ赤に染めて、

「い、いきなりそんなことを言われても……。ランスは大切な幼なじみで、わたくしの一番の理解者で。あ、でも国を出る時に相談もしてもらえなかったのはそこまで信頼《しんらい》されていなかったということなのかしら……？　だとすれば今もからかわれて……？」

ぼそぼそと言いながら、段々と今度は顔色が悪くなってくる。

「おい！　俺は冗談《じょうだん》でプロポーズしたりはしないぞ。それともアンヌは冗談にしてほしいのか？」

マリアンヌは俯いて膝の上に置かれた手をギュッと握《にぎ》りながら、フルフルと首を横に振《ふ》った。

「そ、それで？　アンヌ様は何とお答えになりましたの!?」

興奮気味に前のめりで聞いてくるリリアーナにウィリアムは苦笑《くしょう》を浮かべつつ、ランスロットとマリアンヌのやり取りを思い出す。

「あの気丈な王女がうろたえる様はなかなか見られるものではないからな。貴重な姿を見させてもらっ……いや、その、王女が何と答えたか、だったな」

余計な前置きはいいからさっさと話せとばかりにリリアーナにジト目で見られ、ウィリアムは慌《あわ》てて小さくコホンと誤魔化した。

「あの王女もなかなかに素直《すなお》じゃなく頑固《がんこ》なところがあるからな。すぐには信じられなかったようだが、ランスロット殿の熱心な言葉の数々に、最後は顔を真っ赤にしたまま頷いていたよ」

「まあ、ではお二人はずっと両片想《かたおも》いだったということですのね。そしてようやく気持ちが通じ合って……素敵《すてき》ですわ！」

リリアーナは胸の前で手を組んで、ウットリとした目をしている。

「私にはその辺りのことはよく分からないが、多分そういうことなのだろうな。全く、何を見せられていたのか……。あの場にいた二人以外の者は、皆困ったように顔を見合わせていたな。まぁ、お陰《かげ》でその後の交渉はスムーズにいったが」

「どうなりましたの？」

「まず我が国はマリアンヌ王女の後ろ盾としてベルーノ王国が落ち着くまで援助すること

と、あちらの海路を更に発展させるために共同事業を立ち上げることが決定した。塩害の時と今回の援助によって、多大なる恩を売れたからな。今後は我が国もその海路を使って貿易を拡大させることにより、更なる発展が見込《みこ》めることだろう。それと、王女が切望していた薬学研究所の設立も決まったぞ」

「まあ、本当ですの？　それはよかったですわ！　少し前に頂いたイアン兄様からのお手紙に、ルーク達が頑張って薬草栽培《さいばい》のお手伝いをしている旨《むね》が書いてありましたの。こうやって少しずつでも前に進んでいけば、きっとベルーノ王国もアンヌ様とランスロット様を中心に、以前より良い国に変わっていきますわね」

「ああ、そうなってもらわないと困るがな。だが、あの二人ならば、きっと大丈夫だろう」

ウィリアムは柔《やわ》らかな笑みを浮かべ、隣に腰掛けていたリリアーナをヒョイと持ち上げて当たり前のように膝の上へ乗せると、

「クーデターが起こってから毎日対応に追われていたが、やっとリリーを堪能出来る日が戻ってきた」

そう言ってキュッとリリアーナを抱き締めた。

リリアーナはウィリアムの背中に回した手でポンポンと叩きながら、彼の数カ月に亘《わた》る激務を思い、労《ねぎら》いの言葉を掛けた。

「ウィル、大変お疲れ様でした」

ウィリアムはその言葉にようやく実感が湧《わ》き、大きな溜息をつく。

「今回ばかりは本当に疲れた……」

ただでさえ忙《いそが》しいところにベルーノ王国でクーデターが起こり、その対応に追われ、疲《ひ》労《ろう》の蓄積《ちくせき》により体はボロボロだった。

せっかくリリアーナと一緒の時間を過ごせているというのに、先ほどから睡魔《すいま》がものすごい勢いで襲《おそ》ってくるのだ。

リリアーナはもぞもぞと動いてウィリアムの膝から下りると隣に腰掛け、自らの膝をパシパシと叩く。

どうやら膝枕《ひざまくら》をしてくれるらしい。

「ウィル、少し眠《ねむ》った方がいいですわ。目の下に大きなクマが居座《いすわ》っておりますもの。今まで頑張った分、しばらくはゆっくり休んでくださいませね？　ウィルが元気になったら、一緒にお出掛《でか》けしたいところがたくさんありますのよ？」

ウィリアムを気遣《きづか》って明るく話すリリアーナが愛《いと》しい。

せっかくリリアーナが近くにいるのに眠ってしまうのはもったいないとは思うものの、体は限界を迎《むか》えていた。

「そう、だな。リリーの言葉に甘えて今はゆっくり休むとしよう。……だが、これでリリーとの結婚式《けっこんしき》を予定通りに挙げることが出来るな」

リリアーナは一瞬《いっしゅん》驚いたように目を見開くも、すぐに一点の曇《くも》りもない笑顔《えがお》で、

「……はい！」

と答えるのだった。

第7章　卒業パーティー

マリアンヌの帰国を翌日に控《ひか》えた、週末の麗《うら》らかな午後――。

奥庭《おくにわ》の四阿《あずまや》で、リリアーナとウィリアムはマリアンヌとの最後のお茶会を楽しんでいた。

「明日の今頃《いまごろ》はもう馬車の中ですわね。そう思うと何だか寂《さび》しい気が致《いた》しますわ」

同意するようにウンウンと頷《うなず》くリリアーナであったが、ウィリアムはよく分からないといったように首を傾《かし》げた。

「そうか？　どうせまた二カ月ほどでやってくるのだろう？」

何とも空気が読めないというかその残念な返しに、リリアーナとマリアンヌが肩《かた》を落とす。とはいえ、そもそもリリアーナ以外の女性と話をすること自体ほとんどないと言っていいウィリアムにそれを求める方が、酷《こく》というものだろう。

「それはそうなのですが、ウィリアム様はもしリリ様と二カ月ほど会えなくなることがあったとして、寂しいとは思われませんの？」

「何を言っている？　寂しいに決まっているだろう」

訝《いぶか》しげな顔で即答《そくとう》するウィリアムにマリアンヌは呆《あき》れた視線を向けながら、

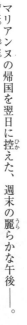

「そういうことですわ」

と言った。

ウィリアムはようやく納得《なっとく》がいったとばかりに、「なるほど」と頷く。

リリアーナ以外の女性には全くと言っていいほどに興味を抱《いだ》くことがないウィリアムに、相変わらずだとマリアンヌは苦笑《くしょう》を浮《う》かべた。

そしてふと思い出したのが、リリアーナの『ポエム』の件である。

あのマッチョがウィリアムにポエムの話をしたのであれば、きっとウィリアムにも分かるはず。

何となく気になっていたことであったが、このチャンスを逃《のが》せばもう二度と聞けない気がしたので思い切って聞いてみることにした。

「そういえば、以前わたくしがこちらに滞在《たいざい》している間に、お二人が喧嘩《けんか》をなさったことがありましたでしょう？」

「ん？　そういえば、そんなこともあったな」

「その時にウィリアム様のマッチョな側近が、リリ様のポエムの話をされていたことは覚えていらっしゃいますか？」

「ポエム？　……そんな話、していたか？　リリーが好きなのは恋愛《れんあい》小説であってポエムではないが」

はて？　と首を捻《ひね》るウィリアムにマリアンヌは少し自信なさげに言う。

「そう、ですよね。聞き間違《まちが》いということはないはずですが……」

そこへタイミングよく？　ウィリアムを呼びにダニエルがやってきた。

「お～い、ウィル。ちょっとウィルでないと進まない案件があってだな」

ちょうどいいとばかりに、マリアンヌはダニエルに話《はな》し掛《か》ける。

「マッチョ、でなくダニエル様。わたくし、あなたに少しお伺《うかが》いしたいことがありますの。よろしいですか？」

「俺……いや、私に？　別に構いませんよ」

「では遠慮《えんりょ》なく。以前リリ様とウィリアム殿下《でんか》が初めての喧嘩をなさった時、わたくしの元に相談にみえましたよね？」

ダニエルはチラリとウィリアムの方を見て、彼が頷いたことを確認《かくにん》すると、

「行きましたね」

と肯定《こうてい》する。

この一瞬《いっしゅん》でリリアーナに聞かれてもよいことなのかを確認したのだ。

筋肉マッチョではあるが、案外出来る男である。

「その時に、リリ様のポエムのお話をされておりましたわね？」

「ポエム？　そんな話はしたかな？」

何と言っても一年半以上前の話であり、ポエムと聞いても何も思い浮かばないようだ。

マリアンヌは斜《なな》め上に視線を向けて、あの時の記憶《きおく》を引っ張り出そうとした。

「確か……そうそう、ポエムが喧嘩の原因ではないかと仰《おっしゃ》ってましたわ」

思い出してスッキリしたため、少し笑《え》みが深くなる。

「喧嘩の、原因がポエム？」

意味が分からないといった風に顔を顰《しか》めるウィリアムとは反対に、ダニエルは何やら思い出したようだ。

「……あ！　あの手紙か」

「手紙？」

「ああ。ほら、お前がリリアーナ嬢《じょう》に書かせたラブレター……」

それまでニコニコ見ていたはずのリリアーナの笑顔《えがお》がピキッと固まったかと思うと、

「ねえ、マッチョ？　なぜあなたが私の手紙のことを知っておりますの？　……まさかとは思いますが、中身を読んだなんてことはありませんわよねぇ？」

まるで般若《はんにゃ》のような顔でダニエルをジトッと見ている。

慌《あわ》てるダニエルに、空気を読めないウィリアムが特大の爆弾《ばくだん》を投下した。

「何だ、あの『あなたは私の太陽』で始まる可愛《かわい》らしいラブレターのことか。確かに言われてみればポエムのように思えなくもないな」

後ろでブハッと、笑い上戸な護衛のケヴィンが噴《ふ》き出《だ》す音が聞こえる。

「なぜそのように細かく覚えてらっしゃいますの⁉」

「なぜと言われても、あれは私の大切な宝だからな。普段《ふだん》は大切にしまって、時々読み返して……」

「そそそ、それは！　お願いですから、処分してくださいませっ‼」

必死に懇願《こんがん》するリリアーナだったが、ウィリアムは首を縦に振《ふ》ろうとはしない。

――なぜあんなものを書いてしまったのか。きっとそんな風に心の中で過去の自分を呪《のろ》っているに違《ちが》いない。

意図したわけではなかったが、マリアンヌが少し気になっていたことを聞いたばかりに、リリアーナの黒歴史を掘《ほ》り起《お》こす形となってしまったのだ。

まあ、先ほどウィリアムの口から放たれたポエムの一文を聞いて、今度はその続きがとても気になるようになってしまったのだが……。

申し訳なく思う気持ちと、リリアーナがなぜこの後ろで笑いすぎて呼吸困難のようにプルプルと震《ふる》えているケヴィンを護衛騎士《きし》に任命したのかという疑問が浮かぶが、これ以上余計なことを言うのはやめようと、マリアンヌは口を噤《つぐ》んでこの賑《にぎ》やかなお茶会を眺《なが》めるのだった。

ベルーノ王国の女王へと即位《そくい》するためにマリアンヌが帰国する日を迎《むか》え、リリアーナは一抹《いちまつ》の寂しさを覚えていた。

次に会う時は互《たが》いに王太子妃《ひ》と女王という地位に就《つ》いており、その立場故《ゆえ》に今までのようにフランクに接することは難しくなるだろう。

それでも、彼女とはいつまでも良き友人でありたいと切に願う。

マリアンヌを見送るために馬車寄せに向かうリリアーナの歩みはいつも以上にゆっくりで、それだけマリアンヌとの別れを惜《お》しんでいることが窺《うかが》える。

そんなリリアーナを案じて、ウィリアムは優《やさ》しくそっと手を繋《つな》いだ。

王宮の馬車寄せには立派な馬車が数台並んでおり、マリアンヌが乗車するのを待っている。

リリアーナとマリアンヌはしっかりと両手を重ね合い、無言で何度も頷き合った。

言葉にせずとも、今なら互いに言いたいことが分かり合えるような気がしていた。

「リリ様、覚えていらっしゃいますか？　噴水《ふんすい》広場の屋台で買った串焼《くしや》きをいただきながら話した、大会の話を」

「ええ、忘れてなどおりませんわ。水産加工品の新メニュー開発のための大会ですわね」

「わたくし、絶対に実現してみせますわ。リリ様が何度でも訪《おとず》れたくなるような、そんな大きな大会を作ってみせます。ここザヴァンニ王国のように、ベルーノ王国も民達が自然な笑顔でいられるような、そんな国にしてみせますわ」

「アンヌ様なら、きっと実現できますわ。微力《びりょく》ながら私も応援《おうえん》させて頂きますね」

復興までに時間は掛かるだろうけれど、マリアンヌの表情はどこか吹《ふ》っ切《き》れたように明るい。リリアーナはマリアンヌの幸せを心から祈《いの》った。

マリアンヌ付きの侍女《じじょ》がおずおずと、

「マリアンヌ様、そろそろ出発を致しませんと……」

と申し訳なさそうな表情で告げるのを聞き、二人は後《うし》ろ髪《がみ》を引かれるような思いを抱きつつ、手を離《はな》す。

マリアンヌは改めてリリアーナとウィリアムの結婚式《けっこんしき》には絶対に出席すると約束し、ベルーノ王国に向けて馬車は走り始めた。

リリアーナは馬車が見えなくなるまでずっと、手を振り続けたのだった。


学園の卒業パーティー当日。

リリアーナは珍《めずら》しくモリーが起こしに来る前に目覚めていた。

――三年間などあっという間のことであったと、感慨深《かんがいぶか》く息を吐《は》く。

泣いても笑っても、今日を最後に学園を巣立っていくのだ。

ならば今日という一日を皆《みな》で楽しく笑顔で過ごしたい。最高の思い出として、この胸に刻みたい。

リリアーナはもぞもぞとベッドから抜《ぬ》け出して窓辺に向かう。

そっとカーテンを開くと、窓の外は雲一つなく太陽が大地を照らし、小鳥たちの楽しげな囀《さえず》りが耳に心地《ここち》いい。

何だか今日は最高の卒業式を迎えられそうだと、リリアーナの口角は自然と上がっていた。

ノックの音に振り返れば、モリーが驚《おどろ》いた顔をして部屋へと入ってくるところで。

「お嬢様《じょうさま》、起きていらっしゃったんですか？」

「ええ、何だか目が覚めてしまって。……ねえ、モリー。今日はとってもいい日になりそうじゃない？」

弾《はじ》けるような笑みを浮かべて問い掛けてくるリリアーナに、モリーも楽しそうに答える。

「ええ、本日用にとんでもなく素晴《すば》らしいドレスもご用意されておりますし……今回も腕《うで》が鳴りますわぁ！」

テンション高く圧の強いモリーに、リリアーナは若干《じゃっかん》顔を引きつらせて仰《の》け反《ぞ》った。

「ほ、ほどほどにお願いしますわね」

「何を仰います。本日はお嬢様が学園に通われる最後の日。記念すべき卒業パーティーの日ですよ？　ほどほどでいいわけがありません。何よりこの私が、腕によりをかけて、きっちりと磨《みが》き上《あ》げてみせますわ!!」

完全に何かのスイッチが入ってしまったらしいモリーにリリアーナは苦笑しつつ、こうなってしまっては誰《だれ》にも止められないとばかりに肩を落とした。

お風呂《ふろ》で全身隈《くま》なく洗われた後にマッサージ、そしてネイルをするのだが。

「ねえ、モリー？　いつも思うのだけど、手袋《グローブ》をするのにネイルって必要ですの？」

リリアーナが思い出したように質問すれば、モリーは恐《おそ》ろしいものでも見たような顔をこちらに向ける。

「何を仰います！　見えないところにまで気を遣《つか》うのがお洒落《しゃれ》上級者というもの。絶対に必要です！」

「別にお洒落上級者でなくても……」

「お嬢様っ!!」

「は、はいぃっ」

思わず背筋をピンと伸《の》ばす。

「間もなく王太子妃となるお方が、お洒落を否定されるのですか？」

「えぇ？　そ、そんなつもりは全くありませんわよ？　ただ、ネイルをしなければもう少しゆっくり出来るのではないかと思っただけで……」

「お嬢様！」

「は、はいぃっ」

「ネイルはこちらの者達が行いますから、お嬢様は手をこちらに置いてお座りになっていてくだされればよろしいのですわ。これで『ゆっくり座って』いられますね」

そう言ってモリーはニヤリと笑った。

やはりどう足掻《あが》いても、リリアーナにはネイルをしないという選択肢《せんたくし》は与《あた》えられないようである。

そしてネイルが終われば地獄《じごく》のコルセット着用タイム。

苦しげに呻《うめ》き声を上げるリリアーナとは真逆に、何だかコルセットを締《し》めるティアとアンリの顔が嬉々《きき》として輝《かがや》いているような……？

「あなた達、何だかとっても楽しそうに見えるのだけど？」

少し拗《す》ねたように唇《くちびる》を尖《とが》らせて言うリリアーナに、ティアとアンリは揃《そろ》って眩《まぶ》しい笑顔で「とんでもございません！」と返す。

その笑顔が嘘《うそ》くさいんですのよ！　という声は「ぐえ」という声に変換《へんかん》されてしまった。

ようやくコルセットを着用し終えたら、今度は鏡台の前へ。

普段からあまりコルセットを強く締めないリリアーナは、このようにキッチリ着用すると若干だが疲《つか》れが顔に残ってしまうため、今回はヘアメイクを後回しにすることに。

「お嬢様、顔色を明るくするために少しチークを多めにお入れしますね」

「ええ、お願い」

モリーによって、コルセットで少しばかり血色の悪くなった顔にピンク色のチークが乗せられると、途端《とたん》に華《はな》やかさがプラスされる。

リリアーナの可愛らしさを活かしつつ、ドレスに合わせた少しだけ大人っぽく見えるメイクと複雑に編《あ》み込まれ結《ゆ》い上げられた髪《かみ》。

「本日のドレスは王太子殿下からのプレゼントだとか。王妃殿下から贈《おく》られるドレスも素《す》敵《てき》ですが、こちらのドレスもとても素晴らしいですわ！」

まだ若い使用人達は、ウィリアムからリリアーナに贈られたドレスをウットリとした顔で見ている。

クーデターの対応にウィリアムが追われることになり、ドレスはソフィア妃殿下にお願いすることになっていたが、しっかりとウィリアムが用意をしてくれていたようだ。

「本当に、素敵なドレスだわ」

リリアーナは自分のために贈られたドレスを前に、柔《やわ》らかい笑みを浮かべた。

この日のために贈られたエンパイアラインとプリンセスラインを合わせたエンパイアプリンセスラインという新しいシルエットデザインのドレスは、腰《こし》の位置が高く適度なボリユームがあり、小柄《こがら》なリリアーナでも大人可愛く見せてくれる。

ウィリアムの瞳《ひとみ》の色であるタンザナイトの深青色の生地《きじ》の裾《すそ》には、金糸でそれはもう見事な手刺繍《ししゅう》が施《ほどこ》されていた。

さらりとした生地は手触《てざわ》りも滑《なめ》らかでとても着心地《きごこち》がよい。

繊細《せんさい》な彫刻《ちょうこく》の施されたイヤリングとネックレス、そして最後にウィリアムが作ってくれた髪飾《かみかざ》りをつけて準備は完了《かんりょう》した。

見事に全身ウィリアムカラーに彩《いろど》られたリリアーナの完成である。

少しばかり恥《は》ずかしい気もするが、ウィリアムのそんな独占《どくせん》欲を何ともくすぐったく思う。姿見の前で満足げに頷くリリアーナの後ろにモリーと使用人達がズラリと並ぶ姿が映り、何事かと振り返れば皆深く頭を垂れて。

「「「「ご卒業、おめでとうございます」」」」

一瞬ポカンとするも、すぐに胸がじんわりと温かくなるような幸せを感じて思わず声が上ずってしまった。

「あ、ありがとう……」

思いがけず嬉《うれ》しい言葉を掛けられ、感動の涙《なみだ》が出そうになるのを必死で我慢《がまん》しているところに扉《とびら》をノックする音が響《ひび》く。

モリーが確認して扉を開ければ、正装したウィリアムがリリアーナに向かって一直線にやってきた。

「リリー！　ああ、なんて可愛いんだ……」

ウィリアムは満面の笑みを浮かべてリリアーナをそっと抱き寄せる。

その様子にモリーは小さく安堵《あんど》の息を吐いた。

「ドレスに皺《しわ》が！」「髪が乱れてしまいます！」と散々諫《いさ》める言葉を発してきたモリーの『苦労の賜物《たまもの》』と言えるだろう。

その後方には苦笑を浮かべるダニエルの姿がある。

ダニエルは婚約者《こんやくしゃ》となったクロエのエスコートをすることになっているが、何かと多忙《たぼう》な彼はゴードン邸《てい》に向かう時間がなく、学園で待ち合わせしているのだ。

現在進行形でウィリアムに抱き締められているリリアーナは視線の端《はし》にダニエルの姿を捕《と》らえると、ハッとしたようにウィリアムの腕をパシパシ叩《たた》く。

「出発が遅《おく》れるとクーを待たせることになってしまいますわ」

その言葉にウィリアムは残念そうな表情を残し、仕方なく腕を解く。

「モリー、ティア、アンリ、行ってきますわね」

「「いってらっしゃいませ」」

三人は揃って綺麗《きれい》なお辞儀《じぎ》をし、リリアーナ達を送り出した。

卒業パーティーの会場となった学園のホールは、先生方が卒業生のためにせっせと準備を進めてくださり、豪奢なシャンデリアの下たくさんの花々や装飾《そうしょく》に彩られた華やかな空間となっていた。

壁際《かべぎわ》にはケータリングされた様々な料理が並び、中央のダンスホールではこの日のために仕立てたであろう燕尾服《えんびふく》やドレスに身を包んだ子息令嬢《れいじょう》達が、楽しそうに楽団の奏《かな》でる音楽に合わせて踊《おど》っている。

卒業生の家族や婚約者も参加可能とされているため、ウィリアムとダニエルのもとにはその保護者達が次から次へと挨拶《あいさつ》に訪れていた。

特に爵位《しゃくい》の低い者は王族と直接言葉を交《か》わすような場がほとんどないため、チャンスとばかりに続々とやってくる。

リリアーナ達は少し離れた場所からそれを苦笑しつつ眺めていた。

「それにしても三年間なんて、本当にあっという間のことですわね」

「本当にね。明日からはもう学園《ここ》に通うことはないのね」

「そう考えると、何だか寂しくなりますわ……」

リリアーナの言葉にエリザベスとクロエは小さく頷きながら、同意する。

『今日は笑顔の楽しい日にしたい』などと思ってはいても、いざその時になるとやはり卒業という現実が伸し掛かってくる。

ザヴァンニ王国の女性の結婚適齢期《てきれいき》は十四歳～十八歳とされており、どんなに遅《おそ》くとも二十歳《はたち》までには結婚式を迎えるのが普通《ふつう》で、それ以上の年齢《ねんれい》となると『嫁《とつ》ぎ遅れ』などと揶揄《やゆ》されてしまうのだ。

現国王の御代《みよ》となってからは女性の働く場所が少しずつ増え、結婚よりも仕事を選ぶ女性もいるにはいるが、まだまだ少ないのが現状である。

そういったわけで、学園卒業前に結婚して学園を去っていく女性や卒業と同時に結婚する者は多い。

リリアーナは本日より十日後に結婚式を挙げることが決まっているし、エリザベスもその二カ月後に挙式することが決まっている。

クロエは正確な日付はまだ決まっていないが、どうにかして今年中にと話し合っているらしい。

めでたいことではあるが、学生であった今までとは環境《かんきょう》がガラッと変わり、これまでのように気軽に会うことは出来なくなる。

三人が寂しさに浸《ひた》っていると。

「何だよ、卒業したって友人を辞《や》めるわけじゃないんだろ?」

エリザベスの婚約者であるアレクサンダーが、三人のしんみりとした空気を笑い飛ばした。

「そりゃそうだけどさ。今までみたく毎日会えるわけじゃなくなるし、寂しいじゃん！」

少し拗ねたように口を尖らせるエリザベスの背中をアレクサンダーは笑いながらバシバシと叩く。

「ちょっと、痛いじゃない！　私はアンタと違ってか弱いんだから少しは加減しなさいよねっ！」

「悪い悪い」

その全く悪びれない姿に、エリザベスは諦《あきら》めたように、

「もういいわ」

と溜息《ためいき》をついた。

「仲がよろしいわね」

リリアーナとクロエがそんな二人の仲睦《なかむつ》まじい様子に顔を見合わせてクスクスと笑っていると。

「リリ様」

呼ばれて振り返れば、そこにはイザベラが三十代前半くらいの特徴《とくちょう》のない男性にエスコートされて立っていた。

初めて目にする男性だが、年齢的にも彼女の兄ではないことは確かである。

「まあ、ベラ様。……あの、そちらの方は？」

リリアーナが訊《たず》ねると、イザベラが可愛らしく頰《ほお》を朱《あか》く染め、チラリと男性を見上げる。

男性は目尻《めじり》を下げて頷き、

「お初にお目に掛かります。ギルバート・クラリスと申します」

と、年相応の落ち着いた口調で挨拶の言葉を述べた。

「……ギルバート・クラリス様？」

リリアーナはその名前に聞き覚えがあった。

確かザヴァンニ王国一の諜報《ちょうほう》に特化した人物だと、ウィリアムの口から一度だけ耳にしたことがある。

直接会ったことはなかったが、聞いた通りにこれといった特徴のない容姿をされている。

それが諜報活動に役立っているのだとか。

リリアーナはエリザベス達と同様に、

「リリアーナ・ヴィリアーズです」

とにこやかに挨拶した。

珍しくモジモジと落ち着きのないイザベラの様子に、

「もしかして……」

とエリザベスが問い掛けると、イザベラは嬉しそうにしながらも少しだけ恥ずかしそうに頰に手を当てたのだが、その左手の薬指には可愛らしい指輪がキラリと輝いている。

「ベラ様！　その指輪は……」

エリザベスの言葉にクロエとリリアーナの視線がイザベラの薬指の指輪へと向けられた。

イザベラは何とも幸せそうな表情を浮かべてギルバートをチラチラと見ている。

「ベラ様？　そこのところ、詳《くわ》し〜く教えてくれるんでしょ？　ね？　ね？」

エリザベスが瞳をキラキラというよりもギラギラさせてにじり寄る姿を、アレクサンダーがいつものことといった感じで呆れながらも見守っている。

「お話ししてもよろしいですか？」

イザベラがギルバートに甘えるように確認すれば、

「ここは人目があるから、あちらに行って話そうか」

と目尻を下げて優しく微笑《ほほえ》みながら、人だかりのないケータリングの近くへと視線を向けた。

挨拶の輪から抜け出せないウィリアムとダニエル以外の皆でそちらへ移動しながら、前を行くイザベラとギルバートの様子を観察する。

ギルバートはイザベラのことが可愛くて仕方がないといった感じで、きっと彼女が何を言ったとしても簡単に許してしまいそうである。

だが、ウィリアムから聞いていた人柄《ひとがら》と大分違っているような……？

リリアーナは一人首を傾げた。

ケータリングの美味《おい》しそうな料理が並べられたテーブルの周辺にはまだ誰もおらず、ダンスホールや前方に多くの者達がいるようだ。

これならば話を聞かれる心配はないだろう。

とはいえ、誰かに聞かれると都合の悪い出会い方でもしていたというのだろうか?

そもそも都合の悪い出会い方とは?

リリアーナの頭の中にいくつもの疑問が浮かび上がる中、イザベラが静かに話しだした。

「実はノクリス侯爵《こうしゃく》家《け》の不正が発覚致しまして、本日付で領地は縮小され、子爵《ししゃく》位に降格となりました。父と兄は捕らえられ、子爵家は親戚《しんせき》筋の者が継《つ》ぐことに決まり、母は早々に実家へと戻《もど》りました。明日にはきっとその噂《うわさ》で持ちきりとなっていることでしょう」

その予想だにしない重い内容に、リリアーナ達はただただ呆然《ぼうぜん》とイザベラの話に耳を傾《かたむ》けた。

「ギルバート様はウィリアム殿下の部下にあたり、ノクリス侯爵家を調査しておられた時に偶然《ぐうぜん》知り合いましたの」

イザベラとギルバートは視線を合わせると互いに微笑み合う。

かなり歳《とし》の差がある二人ではあるが、不思議とピッタリとくるというか、二人でいることに違和感《いわかん》がない。

イザベラに代わってギルバートが話を続けた。

「ノクリス侯爵はなかなかに野心家でね。イザベラの兄も全く同じタイプの人間で、父侯爵と同様に不正に手を染めていた。侯爵夫人《ふじん》は薄々《うすうす》気付いていたのかもしれないが、あの侯爵家は家族という名の他人の集まりだからね。最後まで知らぬ存ぜぬで、自分は無関係だとさっさと離縁《りえん》して実家に戻ってしまったんだ」

「え……ベラ様は？」

いくら何でもイザベラを置いて一人だけ逃《に》げるようにして実家に帰るなどとは考えたくもないのだろうエリザベスが思わずといったように口にするが、現実はイザベラにとても冷たいものだった。

「あの女はイザベラを連れていかなかった。広い屋敷《やしき》の中に、イザベラは使用人達と共に置いていかれたんだ」

ギルバートはその時のことを思い出したのか苦虫を噛《か》み潰《つぶ》したような顔をしている。

自分のために怒《おこ》ってくれているギルバートに、イザベラはふわりと柔らかい笑みを浮かべながら、彼の手を両手で包む。

「とても悲しくはありましたが、カーラ達が一緒《いっしょ》にいてくれましたし、何よりギルバート様が手を差し伸べてくださいましたから、私は今こうして笑っていられるのですわ」

イザベラの笑顔はとても自然なもので、彼女が嘘偽《うそいつわ》りない気持ちで言っているだろうことが分かる。

——だが。

「ベラ様がそんな大変な思いをしていたなんて……」

エリザベスが悲しげに顔を歪《ゆが》める。

リリアーナやクロエも、気付くことが出来なかったことに心を痛めた。

「エリー様もリリ様もクー様も、そんなお顔はなさらないでください。ノクリス家のことは今日まで箝口令《かんこうれい》が敷《し》かれておりましたの」

「「「箝口令？」」」

「ええ。今日の卒業式を私が無事に迎えられるための、ウィリアム様のご配慮《はいりょ》ですわ」

「ウィルの、配慮……」

何も聞かされていなかったリリアーナはびっくりする。

「もしこのことがすでに公《おおやけ》になっていれば、私は噂の的となってとてもではありませんが卒業式に出ることは出来なかったでしょう。今日まで知られずに済んだお陰《かげ》で、こうして皆様《みなさま》と一緒に卒業式に出席出来ました。ウィリアム様には感謝してもしきれませんわ。それに……。この学園でエリー様とリリ様とクー様といる時間はとても楽しくて、どんなに嫌《いや》なことがあってもその時ばかりは忘れていられる、癒《いや》しの時間でしたの。カーラ達やギルバート様や皆様の存在は私にとって何よりも大切な宝物ですわ」

イザベラの言葉に感動したのかエリザベスは、

「私だって、ベラ様もリリもクーも、皆大切な友達で何ものにも代えられない大切な宝物だもん」

浮かぶ涙をこらえて鼻をすすりながら言った。

「私にとっても、皆は大切なお友達ですわ」

「私もです」

リリアーナ達四人が感動に瞳をウルウルさせているすぐ横で、それまで大人しく空気になっていたアレクサンダーが、現実的な質問を口にした。

「それでイザベラ様はこの後どうなるんだ？」

「「あ……」」

言われてみればその後どうするのかといった話は聞いていなかったと、リリアーナ達の視線はイザベラに向かう。

するとギルバートがイザベラの左手を持ち上げ、皆に指輪を見せつけるようにして衝撃《しょうげき》的な告白をした。

「イザベラは今日からイザベラ・クラリスになったから、心配無用だ」

リリアーナ達は思わず叫《さけ》びそうになり、慌てて自身の手で口を塞《ふさ》いだ。

「なったってことは、もう婚姻《こんいん》の書類は提出済みってことか」

「まあ、そういうことだな」

「じゃあ明日噂が流れても、ここにいるのはノクリス家の令嬢じゃなくクラリス夫人ってわけだ」

アレクサンダーがニヤリと笑えばギルバートも同じようにニヤリと笑う。

そのやり取りでリリアーナ達はなぜこんなにも急に二人が結婚したかの理由を理解し、ギルバートがイザベラを全力で守ろうとしていることが分かり、安堵の息をついた。

「ベラ様、おめでとうございます」

リリアーナに続いてエリザベスとクロエもおめでとうと伝えれば、イザベラは嬉しそうにお礼の言葉を口にする。

そのすぐ横で、アレクサンダーとギルバートの会話はまだ続いていたようだ。

「けど、使用人達はどうするんだ？　かなりの人数だろ？」

「それなら数人は家で雇《やと》うことにした。まともに働いていた者には紹介状《しょうかい》を持たせたが、そうでない者はどうなろうと知ったことではないな」

先ほどはウィリアムに聞いていた人柄と大分違うように思ったが、もしかしたら聞いていた通り少しだけ冷たいところがある人なのかもしれないとリリアーナは思う。

だが、イザベラを守ろうとしてくれているのは本当で、きっと大切に想《おも》う人や物に対しては温かい人なのだろう。

「ベラ様、数人雇い入れたというのはもしかして……」

「ええ、カーラとセバスと料理人が二人ですわ。本当に、こんなに幸せでいいのでしょうか？」

人は幸せすぎると不安に駆《か》られると言うが、今のイザベラがまさにその状態なのかもしれない。

「ベラ様はたくさん辛《つら》い思いをなさいましたから、きっとこれからがご褒美《ほうび》の時間ですわ。思う存分幸せを噛み締めてくださいませね？」

リリアーナの言葉に頷きながら、クロエもイザベラに温かい視線を向ける。

「初めは少し驚きましたけれど……。こうしてお話を聞くと、寂しがりやなベラ様にはギルバート様のような包容力のある年上の方がピッタリなのかもしれませんわね」

「うん、まさか一番最初に結婚するのがベラ様だとは思わなかったけど、皆が幸せな卒業パーティーになって、本当によかった！」

エリザベスが嬉しそうに言うとアレクサンダーが優しく頭を撫《な》でて、それが恥ずかしかったのだろう彼女は、

「髪が崩《くず》れちゃうじゃん、もう」

照《て》れ隠《かく》しと分かるような頬を朱く染めた顔でブツブツと文句を言いながら髪に触《ふ》れている。

「一体何の話をしているんだ？」

　そこでやっと次々と挨拶に来る保護者達を振り切って、ウィリアムとダニエルがやってきた。

「ウィル、大変でしたわね」

「ん？　ああ、まさか卒業パーティーで挨拶の輪が出来るとは思わなかったな。それで……」

「何の話をしていたか、でしたわね。ベラ様がギルバート様と結婚された話を皆で聞いておりましたの」

「そうか」

「ベラ様から箝口令のことを伺いましたわ。お陰様《かげさま》でこうして卒業パーティーに四人揃って参加出来ました。ありがとうございます」

「いや、別に礼を言われるほどのことはしていないが……。リリー？　もしかして怒っているのか？」

　何やらリリアーナの様子がおかしいことに気付いたウィリアム。

「いいえ、怒ってなどおりませんわ。感謝を申し上げておりますの」

　口では怒っていないと言いながらも、貼《は》り付《つ》けたような笑みを浮かべている。

「いや、しかし……」

ウィリアムが言いよどんでいる後ろから、ダニエルがコッソリ囁《ささや》いた。

「なあ、イザベラ嬢のことを内緒《ないしょ》にされたのを拗ねてるんじゃないか?」

しかし、脳筋故に声が微妙《びみょう》に大きいため、リリアーナの耳にもしっかりとその声は届いてしまう。

図星を指されたリリアーナは羞恥《しゅうち》に顔を朱く染めて、

「ダニマッチョなんて、夢の中では常にフリルだらけの衣装《いしょう》しか着用出来ないお祈りを致しますわ!」

といつものように微妙に嫌な祈りの言葉を叫ぶのであった。


馬車はゆっくり王宮へと進む。

朱色《しゅいろ》の夕空が王都の上に広がる頃《ころ》に始まった卒業パーティーは、皆が名残《なごり》惜しみつつも閉会となり、馬車に揺《ゆ》られる頃には暗い夜空に満天の星を煌《きら》めかせていた。

ダニエルはクロエをゴードン子爵邸へ送るために帰りは別行動となり、今馬車の中にはウィリアムとリリアーナの二人きり。

リリアーナは等間隔《とうかんかく》に設置されている街灯の明かりが流れていく様を馬車の窓から眺めながら、思わずというか自然と言葉が口から漏《も》れ出ていた。

「ウィル、ありがとう」

ウィリアムは急にお礼の言葉を口にしたリリアーナに驚きつつも、優しい眼差《まなざ》しを向ける。

「どうした？　いきなり」

「……ウィルのお陰で、エリーやクーやベラ様とたくさんの楽しい思い出を作り、こうして恙《つつが》なく学園を卒業することが出来ました。……きっと何年、何十年経《た》っても、今日の日のことは色褪《いろあ》せることなく楽しい思い出として、私達の心に残っていることでしょう。本当に感謝してもしきれませんわ。素敵な思い出にしてくださって、ありがとうございます」

ふわりと花が咲《さ》くような笑みを浮かべるリリアーナを、ウィリアムは当たり前のように自らの膝《ひざ》の上に乗せた。

いきなりのことに慌てるリリアーナの額に、コツンとウィリアムの額がつけられる。

かなり近い距離《きょり》にあるウィリアムの瞳は、何も語らずともリリアーナが誰よりも愛《いと》しいと告げていた。

途端にリリアーナの顔どころか耳や首までもが朱く染まる。

そんなリリアーナの頬に優しく手を添《そ》えて、ウィリアムが呟《つぶや》いた。

「長かった……」

「え？」

「リリーと婚約して、三年近くなる。もうずっと、一日でも早く結婚してリリーを私だけのものにしたいと思っていた……」

「……」

驚いたようにエメラルド色の大きな瞳を丸くするリリアーナに、ウィリアムはフッと自《じ》嘲《ちょう》的な笑みを浮かべる。

「引いたか？　一途《いちず》と言えば聞こえがいいが、私は自分が思う以上に嫉妬《しっと》深《ぶか》く、執着心《しゅうちゃくしん》が強かったらしい。……もうリリーを手離《てばな》せないから、覚悟《かくご》してくれよ？」

リリアーナは驚きに見開いた目を優しく細めると、ギュッとウィリアムに抱きついた。

「嫉妬深いのは、それだけウィルが私を想っていてくださるということ。執着心が強いのも、ウィルが私だけを見ていてくださるということ。これからもずっと、私だけを想っていてくださるのですよね？」

リリアーナは抱きついたまま、顔を上げてウィリアムと視線を合わせる。

期待に満ちた瞳で見上げられ、ウィリアムの心臓は激しく脈を打ち始めた。

クロエの教育の成果が出たのかは分からない。だが効果てきめんと言えるだろう。

ウィリアムはたまらずリリアーナをギュッと抱き締める。

「ああ、リリーだけと約束しよう」

「信じておりますわ」

ウィリアムがそっと顔を近付けると、リリアーナは照れながらもゆっくりと瞼《まぶた》を閉じる。

しかし、ウィリアムの唇がリリアーナの額に触れるとカッと目を見開いて慌てて体を離し、声が出ないのか顔を真っ赤にして口をパクパクさせている。

ウィリアムはまるでいたずらが成功した子どものように楽しそうに笑いながら、徐《おもむろ》に
リリアーナの唇を親指でなぞると、

「リリーのここへの口付けは、結婚式の当日まで待つとしよう」

と言った。

二人の結婚式まで、あと十日——。

FIN

番外編　小動物系令嬢のペットはもちろん小動物!?

「そう、今日もウィルはいらっしゃらないのね」

リリアーナは心配そうに眉《まゆ》をハの字に下げて嘆息《たんそく》した。

ベルーノ王国のクーデターが終結し、国王陛下を初めとしてウィリアム達兄弟も事後処理に相変わらず忙《いそが》しく動いており、食事の席に着くのはソフィア王妃殿下《おうひでんか》とリリアーナの二人だけである。

国王陛下やウィリアム達はどうやら執務室《しつむ》で片手間に済ませているらしい。

リリアーナはソフィアを待たせることのないよう、淑女の全速力で早歩《はやあるき》でモリーとケヴィンを従えて食堂へと向かっていた。

「きちんと召《め》し上《あ》がっているのかしら？」

ウィリアムのことだから、食事を摂《と》るのも忘れて仕事に集中しているかもしれない。

そんな心の声が無意識に口から出ていたことに、リリアーナは気付いていなかった。

少しでも力になりたいと思うものの、まだ学生の身であるリリアーナに出来ることなどほとんどないと言っても過言ではない状況《じょうきょう》の中では、静かに見守ることしか出来ない自分がとても歯がゆかった。

「何か差し入れでもなさいますか？」

リリアーナの心情を汲《く》み取《と》り、モリーがそう訊《たず》ねる。

「……そうね。ウィルだけでなくダニマッチョや補佐の方達にも、片手間に食べられるような栄養価の高いものを差し入れ致《いた》しましょう。モリー、料理長にその旨《むね》伝えてもらえるかしら？」

「畏《かしこ》まりました。出来上がり次第《しだい》お嬢様《じょうさま》がお持ちする旨、ウィリアム殿下にも伝えておきますね」

「いいえ、モリー。私が行っては補佐の方々に余計な気を使わせてしまいますわ。ですから、ケヴィン！」

いきなり名前を呼ばれて少しばかり驚《おどろ》きつつも、いつものように、

「へ〜い？」

と緩《ゆる》い返事を返す。

「あなたが差し入れを持っていってくださいませ」

「……は？　何で俺？」

「あなたなら、誰《だれ》も気を使いませんでしょう？　差し入れを持っていったら、ウィルやダニマッチョがどんな様子かをその目でしっかりと観察してきてくださいませね？」

何気に失礼な言い回しだが、これでも一応リリアーナはケヴィンのことを信頼《しんらい》しているのだ。

「観察も？　うわ、面倒《めんどう》くせぇ」

言葉通り面倒くさそうな顔をするケヴィンに、リリアーナは真顔で昔の呼び名を呼んだ。

「……チャラ男？」

信用している……はず？

「あ～、はいはい。分かったよ。で？　何でダニエルも？」

「それはクーがダニマッチョのことを心配しているからですわ。どんな様子か分かれば、クーも少しは安心出来るでしょう？」

「そゆことね。はいはい、ワカリマシタ」

仕方がないなぁといった風なケヴィンに、モリーはいつものように呆《あき》れた視線を向けると彼だけに聞こえるように「はいは一回」とぼそりと囁《ささや》く。

リリアーナが食堂の席に着くと、

「では出来上がり次第ケヴィンに持たせるよう伝えて参ります」

モリーはそう言い、ペコリと頭を下げると料理長のところへ向かった。

少ししてからソフィアがやってきて、リリアーナの前の席へ腰《こし》を下ろす。

「リリちゃん、寂《さび》しい思いをさせてしまってごめんなさいね」

ソフィアが困ったような、申し訳なさそうな、そんな表情を浮《う》かべている。

「いいえ、誰のせいでもありませんもの。謝らないでくださいませ。それにソフィア様もお忙しいはずですのに、こうして一緒《いっしょ》に食事の時間をとって頂けるだけで嬉《うれ》しいですわ」

実際王妃殿下と二人きり（使用人を除く）の晩餐《ばんさん》は緊張《きんちょう》しないと言ったら嘘《うそ》になるが、部屋で一人きりの食事はやはり寂しい。

そんな自分を気遣《きづか》ってくださるソフィア王妃殿下の気持ちに感謝しているのは本当だ。

リリアーナの言葉にソフィアはパァァッと輝《かがや》くような笑《え》みを見せる。

「リリちゃんたら、そんな嬉しいことを言われたら何でもしてあげたくなってしまうじゃないの。何か欲《ほ》しいものはあるかしら？」

欲しいものと言われても、ドレスや宝石類は何も言わなくても常に用意されているし、必要なものは全て揃《そろ》っているために、特に何も思い浮かばない。

「え……いえ、あの、お気持ちだけで」

「そんなこと言わないで？　お義母様に何でも言ってちょうだい！」

お、お義母様《かあさま》⁉

確かにあとひと月ほどでそうなりますが、些《いささ》かフライング気味では――⁉

「い、今は、特に欲しいものが思いつきませんので、少し考えてみます、ね……？」

ヘタなことを言ってしまえばとんでもないことになりそうだと、リリアーナはとりあえずこの問題は先送りすることにした。

「分かったわ。思いついたら遠慮《えんりょ》なく言ってちょうだいね」

少し残念そうな顔をしつつも納得《なっとく》してくれたようで、リリアーナは内心でホッと息を漏《も》らした。

「ありがとうございます」

その後は特に問題もなく食事を終え、部屋に戻《もど》ってきたタイミングで料理長渾身《こんしん》の差し入れ用のサンドイッチやら何やらが届いた。

見た目にも美しいそれらは全て片方の手で食べられるよう工夫《くふう》されている。

リリアーナは満足そうに頷《うなず》いた。

「ケヴィン、これを早速《さっそく》ウィルの執務室へ持っていってくださいませ」

「ほいよ」

何とも軽い言い回しでそれらを受け取ると、そそくさと部屋を後にしたケヴィン。

「……ちゃんと食べてくださるかしら？」

モリーが淹《い》れたハーブティーの入ったカップをぼんやりと覗《のぞ》き込みながら、リリアーナは少しだけ心配そうにそう呟《つぶや》く。

「あの殿下が、お嬢様からの差し入れを召し上がらないはずがないでしょう」

無用な心配とばかりにモリーが呆れ気味にそう言った。

「そうかしら？」

「そうですとも。ケヴィンが戻ってきて、もし殿下が召し上がらなかったと言われたら……」

「言われたら？」

「その時はお嬢様が執務室に赴《おもむ》いて、口の中に詰《つ》め込んでしまえばよろしいかと」

モリーのあまりの言い分に、リリアーナは一瞬《いっしゅん》ポカンと口を開けた後、クスクスと可愛《かわい》らしく笑った。

「それはとても楽しそうね。ええ、もしケヴィンの口からウィルが召し上がらなかったという言葉が出てきた時には、私がウィルの口に詰め込みに行きますわ」

リリアーナとモリーがそんな風に笑顔《えがお》で話をしている頃《ころ》、ウィリアムの執務室では――。


「リリーからの差し入れだと？」

机の上に山のように積まれた書類から顔を出したウィリアムが、疲《つか》れた顔に笑みを浮かべていた。

「そそ、嬢《じょう》ちゃんが料理長に作らせたやつだから、ちゃんと食べられるやつだ。安心してくれ」

ケヴィンが何とも失礼なことを言っているが、それについては誰も何も否定しない。

まあ、以前ケーキを作ろうとして消し炭を量産し、クッキーは口に入れるとゴリゴリと音がするほどに固く、サンドイッチはプレスされて薄《うす》～い何かになっていた。

今では暗黙《あんもく》の了解《りょうかい》でリリアーナに料理をさせてはいけないことになっているのだ。

ちなみに調理場は出禁である。

「嬢ちゃんにちゃんと食べるところも見てくるように言われているからな。さあ、食ってくれ」

そう言って執務室の一角にある応接セットのテーブルの上に、それらを並べた。

本来であれば仕事をしながら食べられるようなものばかりなのだが、執務室内の様子を見てケヴィンなりに思うことがあったのだろう。

ここにいる者達全員、強制的に机から引《ひ》き離《はな》すことにしたようだ。

とりあえずキリのいいところまでペンを走らせ、ウィリアムが一番にソファーへ腰を下ろした。

次にダニエル、そして補佐の者が三名。

皆《みな》一様に顔色が悪く、目の下にクマが出来ている。

多忙《たぼう》に多忙を重ねた結果と言ってしまえばそれまでだが、だからといって休めるものならとっくに休んでいるはずだ。

それが難しいために このような風貌《ふうぼう》になってしまっているのだろう。

(せめて栄養面だけでも何とかしねぇとな……)

ケヴィンはモソモソと食べだしたウィリアム達を横目に、リリアーナに何と報告するべきかを脳内でまとめていた。

ヘタなことを言えば自分がこの執務室に放り込まれ、激務の手伝いをさせられる可能性が非常に高いと言えるだろう。——冗談《じょうだん》ではない。

今のリリアーナの護衛という仕事はとても気に入っている。

小動物系の天然少女は見ていて飽《あ》きないし、その侍女《じじょ》のモリーは自分に対しては塩対応ではあるが、案外世話焼きで面倒見がいいときた。

あそこは何だかんだと居心地《いごこち》がよいのだ。

——ここは無難に栄養をしっかり摂らせれば大丈夫《だいじょうぶ》だと言って、毎日差し入れを持っていくってのが落としどころか？

食べ物だけじゃなく、飲み物にも栄養価の高いものを用意しておいてやれば尚《なお》良しとでも言っておくか。

表情が抜《ぬ》け落《お》ちたゾンビのような彼らを前にお茶を淹れて出してあげるところは、やはりケヴィンも案外世話焼きなタイプなのだろう。あまり認めたくなさそうではあるが。

全員しっかりと差し入れを胃に収めたのを確認《かくにん》し、ササッと片付ける。

席に戻って仕事を再開する彼らの邪魔《じゃま》にならぬよう静かに部屋を後にした。

厨房《ちゅうぼう》に籠《かご》を持っていき、そこからリリアーナの部屋へ向かう途中《とちゅう》、視界の端《はし》に何やらちょろちょろと動くものが映り込み、思わず気になってそちらに足を向けてみる。

壁《かべ》の隅《すみ》の方にあるのは丸い……。

「毛玉?」

つまんで持ち上げてみれば、どうやらそれは真っ白い子犬のようで。

どこからか入り込んでしまったのだろうか。

……見なかったことにしようとその場に下ろし、スタスタと歩きだせばトテテテと短い足を一生懸命《いっしょうけんめい》動かしてついてくる。

「お前、ついてくるんじゃねえって」

少しだけ歩く速度を速めるが、更《さら》に一生懸命走るようにしてついてくる。

歩けば走り、止まれば止まる。

結局先に根負けしたのはやはりというかケヴィンだった。

「あ〜あ。どうすんだよ、こいつ」

ぼやきながらも、むんずと掴《つか》むと肩《かた》に乗せて歩きだした。

他の部屋に比べて少しだけ立派な扉《とびら》の前に立ち、コンコンとノックする。

中から聞き慣れた声が聞こえ、間もなく扉が開かれるとモリーの視線がケヴィンの肩で止まっていた。

「毛玉？」

その台詞《せりふ》にやっぱりそう思うよな〜、と心の中で苦笑《くしょう》する。

「毛玉がどうかしましたの？」

ソファーに腰掛《こしか》けていたリリアーナが振《ふ》り返《かえ》ってケヴィンの肩を見てやっぱり、

「毛玉？」

と小首を傾《かし》げた。

「いや、何かずっとついてくるからさ」

リリアーナはソファーから立ち上がると、先ほどのこの子犬のようにトテテテ……とケヴィンの元へやってきて、肩に乗る毛玉を見上げた。

ケヴィンはむんずと摑むとリリアーナの前に毛玉を差し出した。

「ほら」

リリアーナの小さな両手に乗るくらいの大きさの子犬は大人しくリリアーナと見つめ合っている。

「か」

「か？」

「可愛いですわ〜〜〜〜〜〜！」

小さくて可愛いものが好きなリリアーナが、この小さな子犬を見て何も思わないはずがなかった。

「どなたかに飼われている子ですの？」

「いえ、それならばリボンや首輪などがついているはずですから、この毛玉は恐《おそ》らく親とはぐれて迷《まよ》い込んでしまったのでしょう」

そう言って横から覗いていたモリーが子犬の足をひょいと持ち上げて、

「オスですね」

と情報を追加した。

「お前っ」

「何か？」

「いや、何でもねえよ」

本当にモリー《コイツ》は俺の知っている女達とは全く違《ちが》う。それを言ったらお嬢《リリアーナ》も俺の知っている女達とは違うか。ま、ここは本当に面白《おもしろ》い職場だ。

「ケヴィン、この子はケヴィンが飼いますの？」

「あ～、それはちょっと難しいな。適当に飼ってくれそうな奴にでも声を掛《か》けて……」

「では私が飼いますわ！」

「はい？」

「私が飼いますわ」

「いや、それは聞こえてるから二度言わんでもいいけど、嬢ちゃんがコイツを飼うのか？」

「ええ。この子は今日からうちの子ですわ」

「いや、まあ、いいけどさ。名前は？」

「毛玉がいいですわね」

「「は？」」

思わずモリーと声が被《かぶ》る。

慌《あわ》てて口を塞《ふさ》いだようだが、そりゃそうなるだろうな。

名前が毛玉って、もろ見たまんまじゃねえか。まあ、分かりやすいけどな。

「あなたの名前は毛玉よ！」

「アン」

おかしな名前を呼ばれて嬉しそうに返事をする子犬の毛玉。

お互《たが》いそれでいいなら俺が何か言うこともないけどな。

「それにしても、ただの迷い犬から王宮の飼い犬とか、大出世じゃねえか」

ポツリと呟けばモリーがこちらを見てニヤリと笑った。

「次からは毛玉様って呼ばないとね？」

「はぁ？」

「お嬢様の正式なペットとなるのですから当然ですわね」

「お前は『毛玉様』なんて呼べるのかよ」

「ええ、普通《ふつう》に呼べますわよ？　ねぇ、毛玉様」

そう言ってモリーは目尻《めじり》を下げてリリアーナと一緒に毛玉を撫《な》でた。

「そうだわ、モリー。毛玉の首輪を用意しなければ」

「そうですね。それと室内で犬を飼う時にはケージが必要と聞いたことがあります。それに毛玉様専用のフードボウルと、寝床《ねどこ》が必要ですね。あ、トイレの場所も決めておきませんと」

リリアーナとモリーはとても楽しそうに毛玉についてあれこれ話をしている。

どうでもいいが、飼うならちゃんと許可を得ないとダメなんじゃないか？

「なあ、そんなことより先に殿下とかに許可をもらった方がいいんじゃないか？」

「「あ……」」

リリアーナもモリーも『完全に忘れていました』って顔をしている。

「嬢ちゃんさ、さっき食堂で王妃殿下から何か欲しいものはないかって聞かれてたろ？」

「ええ、考えておきますと返事しておいたアレですわね」

「ああ、それだ。物はいらないから毛玉を飼いたいとでも言えば、すぐにでも許可を出してくれそうじゃないか？」

リリアーナとモリーが瞳《ひとみ》をキラキラさせてケヴィンを見た。

「ケヴィン、あなた天才ですわ！」

珍《めずら》しくモリーも同意とばかりにウンウンと頷いている。

「いや、別にそこまで褒《ほ》められるようなことを言ったわけじゃ……」

「それでも、ですわ。ありがとう」

「あ、ああ」

このお嬢のすごいところは、誰に対しても素直《すなお》にありがとうと言えるところだろう。

──と、いけね。忘れるところだった。

「殿下達への差し入れだが、全部綺麗《きれい》に食ってたぞ」

「それは良かったですわ。それでウィルとダニマッチョの様子はどうでしたの？」

「ん～？　殿下とダニエルもだけどさ、あの部屋の連中目の下にクマ作ってたけど、しっかり栄養さえ摂らせておけば大丈夫じゃね？　けど差し入れは当分の間は続けた方がよさそうかな？」

「そう、では引き続きケヴィンに差し入れを持って行ってもらいますわね」

「ま、そう言われると思ってたからいいけどな。ああ、そうそう。どうせなら栄養価の高い飲み物なんかも用意してやるといいんじゃないか？」

「ケヴィンのくせになかなか気が利《き》きますわね」

驚いたように目を丸くするモリーに、

「お前はひと言多いんだよ」

と額をパチンと叩《たた》いてやる。

「痛っ！」

睨《にら》み付けるモリーにニヤリと笑って返す。

「今日はもう遅《おそ》いですから、ソフィア様には明日の朝食時にお話ししてみましょう」

「では仮の寝床を用意するのと、ご飯はまだ食べさせてはいませんよね？　厨房に何か残っていないか確認してみます」

「モリー、ありがとう」

ニッコリと笑顔を見せてモリーは部屋を出ていった。


——翌朝。

何やらくすぐったさに目を開けたリリアーナは目の前が真っ白になった。

いや、真っ白なものが顔の前にあったと表現するのが正しいだろう。

「毛玉？」

声を掛ければくるっと顔をこちらに向けて嬉しそうに「アン」と鳴いた。

リリアーナはもぞもぞと布団《ふとん》から這《は》い出《で》ると、ぐぐう～っと伸《の》びをしてから毛玉を膝《ひざ》の上に乗せて撫でまくる。

お尻《しり》の先の小さな尻尾《しっぽ》がフリフリと高速で揺《ゆ》れているのが何とも可愛らしい。

「お嬢様、おはようござ……います」

いつものようにまだ眠《ねむ》っているだろうとリリアーナを起こしにやってきたモリーは驚きに目を丸くした。

「どうなさったんですか？　どこか具合でも……」

「失礼ね。私だってたまには早く目が覚める時くらいありますわ。ねぇ、毛玉？」

リリアーナがご機嫌《きげん》に毛玉を撫でる姿を見て察したモリーは、小さく笑ってリリアーナの着替《きが》えの支度《したく》を始めた。

「ソフィア様に許可を得るのなら、一応毛玉も連れていった方がいいかしら？」

「お食事中に食堂の中に入れることは出来ませんから、私は毛玉様を抱《だ》っこして扉の外で待機しておきます。お食事が終わって紹介《しょうかい》できるタイミングになりましたらお呼びください」

「ええ、分かったわ。今のうちに毛玉には何か食べさせておいた方がいいのかしら？」

「実家で犬を飼っているという侍女に昨日聞いてみましたら、あとひと月くらいは日に少量を三回与《あた》えればいいそうですよ？　その後は日に二回に分けて与えるそうです」

「そう。じゃあアンリは今のうちに少しだけ、毛玉に何か食べさせてあげてくれる？」

「畏まりました」

現在、モリー以外にリリアーナにはアンリとティアという二人の侍女がついている。

と言っても彼女達は元々は騎士《きし》であり、ウィリアムが最近護衛代わりにリリアーナにつけた者達だ。

リリアーナの身の回りのことはほとんどモリーがしてくれているので、彼女達にはモリーの補佐や力仕事を中心に働いてもらっているのだが、畑違《はたけちが》いの仕事をしてもらう形になり何だか申し訳ない気持ちでいたところ、

「私達は志願してこちらに移動してきたんですよ」

とアンリは笑顔でそう言った。

「そうそう。騎士の仕事は好きだったけど、女騎士って実はモテないんですよ」

「はい？」

どういうこと？　といった風にリリアーナが首を傾げれば、ティアは肩を竦《すく》める。

「いえね、私達は今年で二十歳《はたち》になるんです。働くのは好きだけれど、結婚《けっこん》もしたい！　でも職業が『女騎士』というだけで釣書《つりがき》の段階でふるい落とされるんですよ。酷《ひど》くないですか？」

ティアはその時のことを思い出したのか、頬《ほお》をムウッと膨《ふく》らませる。

そんなティアに苦笑しながらアンリが続きを話し始めた。

「護衛でありながらも表向きは侍女ですから、釣書には堂々と職業『侍女』と書くことが出来ます。侍女の仕事は細かなところにも気が利くということで、男性に人気の職業なんですよ。反対に女騎士というのは自分よりも強い嫁《よめ》をもらいたくないと思われるようで、人気がないのです。そういうわけで私達は喜んでこのお仕事をさせて頂いておりますから、気にされる必要は一切《いっさい》ございません」

最後は眩《まぶ》しい笑顔を見せて言い切った。

「そ、それならばよかったですわ」

まさかそんな事情があったとは。驚きつつも本人達が納得していてくれているのならば何よりと、リリアーナは小さく安堵《あんど》の息を零《こぼ》した。

「お嬢様、そろそろ食堂へ参りませんと、王妃殿下が先に席に着かれてしまいますよ」

モリーの言葉にハッとする。

「もうそんな時間ですのね、すぐ参りますわ。モリー、毛玉をお願いしますわね」

「畏まりました」

少量とはいえ王宮の美味《おい》しい食事を食べて満足したのか、毛玉は大人しくモリーの胸に抱《かか》えられている。

少し長い廊下《ろうか》の先にある食堂の扉を開けて中に入ると、そこにはすでにソフィアがテーブルの席についてにこやかにこちらを見ていた。

「ソフィア様、お待たせして申し訳ありません」

やってしまったと内心かなり慌てていたのだが、ソフィアは全く気にするでもなく。

「気にしなくていいのよ。こうやって娘《むすめ》がやってくるのを待つのも楽しいものよ」

むしろご機嫌である。

――いえいえ、それを言われるのなら義娘ですし、それにそうなるまでにはまだあとひと月ほどありますわ！

先ほど着替《きか》えたばかりだというのに、背中に冷たい汗《あせ》が幾筋《いくすじ》も伝う。

せっかくの美味しい料理も今回ばかりは味が分からず、心の中で涙《なみだ》を流すリリアーナ。

エリザベスが言っていた味が分からないとはこのことか、とリリアーナは思った。

何事もなければ食後に紅茶をいただき、ソフィア様に挨拶《あいさつ》をして部屋へと戻るのだが、今日はそのソフィア様にお願いをしなくてはならないのだ。

「ソフィア様、昨日の欲しいもののお話ですが……」

「まあ、決まったのかしら？　遠慮せず何でも欲しいものを言ってちょうだいね？」

瞳をキラキラさせて、一体どれだけお強請《ねだ》りされたいんですの――!?

「あの、欲しいものと言いますか、少し見て頂きたい子がおりまして」

「子？」

首を傾げるソフィア様。

食堂の扉が開くと、毛玉を抱いたモリーがペコリと頭を下げた後中に入ってきた。

「ソフィア様、欲しいものというか、私、この子を飼いたいのですわ。とても大人しい良い子なのです。お願いできませんか？」

前にクロエから教えてもらった、正しいお強請りの仕方を思い出しつつ実践《じっせん》してみる。

弟のエイデンには通じた方法だ。

女性であるソフィアに通じるかは謎《なぞ》だが、少しでも可能性があるのなら何でもやってみるべき！　と頑張《がんば》って瞬《まばた》きを我慢《がまん》している最中である。

「か……」

ソフィアが俯《うつむ》いて肩を震《ふる》わせ、次の瞬間《しゅんかん》ガバッとものすごい勢いで顔を上げてリリアーナの元にやってきたかと思うと、

「可愛い～～～～～」

半ば叫《さけ》びながらギュウギュウとその豊満な胸にリリアーナの顔を埋《う》めるように抱き寄せた。

「む、むぐぐぐ……」

呼吸が出来ずにもがくリリアーナの頭に頬をスリスリしているソフィアに、妃殿下付きの侍女がやってきて二人をベリッと引き剝《は》がす。

「あぁぁぁぁ、リリちゃん！」

悲しげな声を上げるソフィアに侍女が、

「やりすぎは嫌《きら》われますよ」

とボソリと囁くと、途端《とたん》にソフィアは大人しくなった。

「ソフィア妃殿下とリリアーナ様に新しい紅茶を淹れて差し上げて」

あまり大きくはないがよく通る侍女の声に、使用人達はハッとして持ち場に戻る。

リリアーナは乱れた呼吸を整えて、再度ソフィアに訊ねた。

ただやりすぎると大変な目に遭《あ》うのだと先ほど学んだため、今度は正しいお強請りの仕方は封印《ふういん》し、普通の方法でだが。

「ソフィア様、先ほどお願いした件ですが、この子を飼ってもよろしいですか？」

紅茶を一口飲んで落ち着いたのかソフィアは優《やさ》しい笑みを浮かべて、

「ええ、いいわよ」

と快諾《かいだく》してくれたのだった。

「ちなみにその子のお名前はもうつけたのかしら？」

「はい。毛玉です！」

「――え？　ごめんなさいね？　もう一度教えてもらえるかしら？」

「毛玉です！」

「そ、そう。毛玉というの……」

ニコニコと嬉しそうに毛玉を連呼するリリアーナの姿に、誰もツッコミを入れることが出来なかった。

そして毛玉は毛玉のまま、この王宮でリリアーナのペットとして、皆に可愛がられることになるのだった。

あとがき

こんにちは、翡翠《ひすい》と申します。

このたびは『小動物系令嬢《れいじょう》は氷の王子に溺愛《できあい》される』五巻をお手に取って頂き、ありがとうございます。

五冊目となった今巻には、一巻に出てくるイザベラと、二巻に出てくるマリアンヌ王女が再登場しています。

マリアンヌはまたどこかで出せたらいいな～と思っていましたが、イザベラは完全なる思いつきだったりして（笑）。

以前あとがきにて、水に関わる時にパッと場面が頭に浮《う》かんでくると書きましたが、まさにそれで、浮かんできちゃったわけです。

イザベラのドリルのような縦ロールの髪《かみ》は、実はストレートヘアだったという事実が。

そこからはあっという間にイザベラ像が出来上がっていきました。

反省出来るイザベラ、偉《えら》いです。頭をナデナデしたいと思いながら、書いていました。

そしてマリアンヌ。しっかり者の彼女は強い者と見られがちですが、私はしっかり者＝強いというのは違《ちが》うと思っています。

しっかり者だからこそ、弱さを表に出せずに傷付いていたりするんじゃないかな、と。

マリアンヌのそういった心の葛藤《かっとう》や弱さを、私なりに書いてみました。

上手《うま》く伝わっていたらいいなぁ……。


いつも素敵《すてき》なイラストを描《か》いてくださる亜尾《あお》あぐ様、ありがとうございます！

今作も無事に書き上げることが出来ましたのは、担当者様や翡翠の周りの皆様《みなさま》のお陰《かげ》です。ありがとうございました。

最後に、お読み頂きました皆様に感謝を込めて。

少しでもほっこり楽しんで頂けたなら、幸いです。

それではまたお目にかかれますように……。

翡翠

■ご意見、ご感想をお寄せください。
《ファンレターの宛先》
〒102-8177 東京都千代田区富士見2-13-3
株式会社KADOKAWA ビーズログ文庫編集部
翡翠 先生・亜尾あぐ 先生

ビーズ

●お問い合わせ
https://www.kadokawa.co.jp/（「お問い合わせ」へお進みください）
※内容によっては、お答えできない場合があります。
※サポートは日本国内のみとさせていただきます。
※Japanese text only

小《しょう》動《どう》物《ぶつ》系《けい》令《れい》嬢《じょう》は
氷《こおり》の王《おう》子《じ》に溺《でき》愛《あい》される 5

翡《ひ》翠《すい》

2022年8月15日 初版発行

発行者　青柳昌行
発行　株式会社 KADOKAWA
〒102-8177 東京都千代田区富士見2-13-3
（ナビダイヤル）0570-002-301
デザイン　Catany design
印刷所　凸版印刷株式会社
製本所　凸版印刷株式会社

ISBN978-4-04-737136-1 C0193

定価はカバーに表示してあります。

◇◇◇

②巻
!!
B'sLOG BUNKO
グ文庫
コミカライズ大好評連載中!!
小動物系令嬢は
氷の王子に溺愛される
佐和井ムギ
原作／翡翠　キャラクター原案／亜尾あぐ
最新話をチェック!! FLOS フロースコミック COMIC にて連載中!
FLOS COMIC公式サイト●https://comic-walker.com/flos/
KADOKAWA 発行:株式会社KADOKAWA ※2022年8月現在の情報です